W0329163

Einaudi Tascabili. Stile libero
1185

Dello stesso autore nel catalogo Einaudi

Dei bambini non si sa niente

In tutti i sensi come l'amore

Come prima delle madri

Simona Vinci
Brother and Sister

Einaudi

© 2003 by Simona Vinci

Published by arrangement with Agenzia Letteraria Roberto Santachiara

Giulio Einaudi editore s.p.a., Torino
www.einaudi.it

ISBN 88-06-16742-1

Brother and Sister

per Nic

Quando la morte ci ha lasciati liberi
del tutto, bianchi, nudi. Quando il tempo
dell'infanzia ha finito il nostro tempo,
ora che siamo soli. Anche la luna,
l'amata impallidita luna ha smesso
di curarsi di noi, lei che ci diede
la luce. Resa libera, ci ignora.
Non ascolta il lamento di chi trema
perché deve partire per l'abisso
dell'infinita vastità dei cieli.

D.H. Lawrence, *Brother and Sister*, *Amores*

C'è luna piena. Una luce azzurra intorno alla casa, sopra i dorsi degli animali selvatici in rapida corsa attraverso i campi, sui piloni della luce, i tralicci dell'alta tensione che scavalcano le colline con le loro gambe di ferro, i tetti rettangolari e piatti delle fabbriche a valle che scintillano acquosi come fantastiche piscine di mercurio liquido, le rotaie della ferrovia che collega i paesini di montagna e mezza montagna alla città. Un mondo azzurro e ondeggiante simile a quello dei documentari subacquei. E in fondo, proprio dritto davanti alla casa, oltre la gobba nera di una collina, il riverbero color latte di Bologna. Una cappa luminosa, quasi fosforescente. Ma nessun palazzo emerge, neanche le torri antiche, né quelle giapponesi degli uffici della Regione, niente. Solo la luce.

Mat è affacciato alla finestra. Gioca a spostare la mano avanti e indietro. A farla uscire dal quadrato luminoso che la luce elettrica disegna su un pezzo di buio là fuori. Volta la testa di pochi gradi verso l'interno della stanza.

Dentro la stanza, ci sono poche cose. Un divano rosso, il televisore appoggiato sopra un tavolino di laminato bianco, una cassettiera di pino, una mensola con l'elenco del telefono, le pagine gialle e qualche vecchia rivista. In un angolo, quasi contro il muro, un grande vaso di cotto con un cactus alto un metro e mezzo. Dietro il cactus, una mensola sottile e sopra, una chitarra di legno chiaro.

Una volta questa stanza era piú densa. C'erano tappeti, collezioni di porcellane in una madia antica, animaletti di vetro di Murano, poi via via è sparito tutto. Troppe cose inutili, troppa polvere. Ogni oggetto è stato incartato con i fogli rosa della Gazzetta dello Sport e trasferito in solaio, dentro scatole di cartone con il marchio Despar stampigliato sui fianchi.

La mamma lavorava alla Despar. Cassiera. Grembiule giallo acido e targhetta con il nome appuntata sopra il seno sinistro.

Il grembiule è appeso all'attaccapanni a muro di fianco alla porta principale. La targhetta penzola da una parte. *Rita*. In verde. E sopra, *Despar*. In rosso.

Mat resta fermo. La testa appena girata. Non vede niente della stanza, solo lo spigolo del davanzale. Sente latrati di cani che si avvicinano. Sono almeno in tre. Devono essere cani molto grossi. Lupi. Non è mai riuscito a vederne uno dal vero. Nella sua stanza, sul muro di fianco alla scrivania, ha appeso un poster con la fotografia di un lupo accovacciato. Una lupa, a essere precisi. È grigia e ha gli occhi gialli, il pelo argenteo bordato di nero. C'è una fierezza incredibile nel modo in cui tiene la testa sollevata e gli occhi fermi dentro l'obiettivo del fotografo. Come se sapesse benissimo di essere in posa per uno scatto destinato a fare il giro del mondo con sotto la dicitura: *Mexican Grey Wolf*.

Mat si sporge dalla finestra ancora un po'. Gli ululati adesso sembrano piú lontani. Gira la testa verso l'interno della stanza.

Spegni la luce.

La voce è aspra, da adolescente. Non la controlla molto bene. A volte, ha l'impressione che gli si impigli da qualche parte, tra la lingua e le tonsille, come un amo nella gola di un pesce, e si vergogna.

Spegnila tu.

Billo sta in equilibrio su un piede. La mano sporca appoggiata al muro. Sotto le unghie, ci sono mezzelune di lordo color melanzana. Deve essere plastilina. In questo momento sembra ancora piú piccolo dei suoi sei anni.

Ti ho detto di spegnere la luce, cazzo.

Billo sbuffa, allunga la mano verso la targhetta dell'interruttore, lo fa scattare.

Adesso va' in cucina e prendimi i fiammiferi. O un accendino, se lo trovi.

Vuoi dare fuoco alla casa?

Sta' zitto. Voglio solo accendermi una sigaretta.

La mamma dice che se fumi poi rimani basso.

La mamma.

La voce di Mat si blocca. Stride sull'ultima sillaba come un gessetto contro la lavagna.

T'ho detto di stare zitto. Va' a prendermi un fiammifero.

Billo esce saltando dalla stanza. Gli piace fare il corridoio a zoppogalletto. Il suo piede destro batte ritmico contro il pavimento: è la gamba di legno del capitano Achab, e il corridoio è il ponte della nave. Da qualche parte, dietro una porta o sotto l'impiantito, la gigantesca balena bianca è in agguato, bisogna fare veloci. Ogni tanto, a correre cosí, cade. Poi piange. Tocca sempre a Cate farlo smettere, adesso.

Si sentono sbattere gli sportelli dei mobiletti di cucina. Qualcosa di metallico che cade per terra. Il suono riecheggia come un gong, molto a lungo. La voce di Billo è una litania di lamenti accompagnata da quel suono. Dev'essere caduta la fruttiera di acciaio.

Sulle scale, i passi veloci e leggeri, rimbalzanti, delle Superga di Cate.

Entra rapida nella stanza e smuove l'aria: un soffio fresco che fa odore di limone.

Ho fatto, le finestre sono tutte chiuse, ho preso il fucile del papà, anche se proprio non capisco a cosa ti serve.

Carico?

Le domanda Mat senza voltarsi, i gomiti puntati sul davanzale e il volto stretto tra le mani.

Cosa?

Si è già distratta, guarda anche lei fuori dalla finestra. Le piccole foglie dei carpini, delle betulle e dei pioppi che ondeggiano leggere nel nero.

La ragazza ascolta il battito d'ali dei pipistrelli e delle falene che appaiono e scompaiono nella luce gialla del lampione in fondo allo sterrato.

È carico il fucile?

Cate non risponde, continua a guardare il cerchio di luce, le falene che entrano ed escono, un avanti e indietro estenuante, dalla piccola zona illuminata. Mat diventa scemo quando fa cosí. Sua sorella, in quei momenti, gli sembra un'autistica: gli occhi sbarrati a fissare il vuoto, un sorriso ebete stampato sulla faccia. La stessa espressione delle ragazze delle medie che incontra in corriera, quando sfogliano certe porcherie con la bava alla bocca, gli occhi incollati alla foto di un calciatore che si leva la maglietta dopo la partita o di un cantante che fa finta di cantare. Però lei quella roba non la legge. E allora, chissà cos'ha in testa. Per Mat, sua sorella è una lingua indecifrabile. Pensa che forse è cosí per tutti. E per i fratelli e le sorelle, piú che per tutti gli altri.

Carico, almeno. Sí, penso di sí.

Mat insiste.

Cosa vuol dire, «penso»?

Non so.

Cate guarda fuori dalla finestra, ipnotizzata da una falena recidiva che continua a sbattere la testa contro il globo giallo del lampione. Rimbalza. E torna all'attacco.

L'hai caricato o non l'hai caricato?

Mat cerca di essere paziente, anche se la voce gli si incrina per l'irritazione.

No, però la mamma diceva che era sempre pronto a sparare; a cosa ti serve?

Adesso si è voltata verso di lui. Gli occhi verdi puntati in quelli scuri del fratello.

Fratello e sorella sono molto diversi. Lei, Cate, assomiglia a Billo, il fratellino, e alla mamma: tutti e tre con gli occhi chiari, le lentiggini sulle guance e sul naso, le clavicole sporgenti da biafra. Mat invece ha la stessa pelle del padre: olivastra, liscia. Gli occhi lunghi e neri da meridionale, calabrese, per la precisione. *Terrone*. Cosí lo chiamavano a scuola, il *terrone*. O il *marocchino*. Ma da quando li ha minacciati con il coltello, il suo piccolo coltello a serramanico che nasconde una lama lucente di dieci centimetri, non si azzardano piú. Lo rispettano. Poi nella sua classe è arrivato un coreano con le gambe tozze e arcuate come zampe di cane e il muso rincagnato all'indentro. È lui quello da sfottere, adesso.

Mat distoglie gli occhi da quelli verdi e fissi della sorella. Buca come acido muriatico quello sguardo, a volte.

Dà una boccata alla sigaretta, trattiene il fumo dentro la bocca, e nei polmoni. Amara con punte dolci. Marlboro Light, quelle della mamma.

Può sempre servire... dài qua, se ci vengono a cercare, gli spariamo addosso.

Allunga un braccio verso la sorella, il palmo della mano rivolto verso l'alto, le dita aperte a ventaglio. Afferra il fucile, lo soppesa per un po'.

Che stai dicendo, sei impazzito? Ma perché poi dovrebbero venire proprio stanotte? Hanno detto domattina, no?

Mat apre il fucile, lo solleva verso l'alto, controluce controlla le canne per vedere se è carico. Le canne sono vuote, solo un po' impolverate, dovrà pulirlo. Altro che carico, è in letargo da un secolo. Lo chiude e i cani si armano. Controlla se i grilletti scattano. Funzionare, funziona. Alza lo sguardo verso la finestra.

C'è luna piena là fuori, hai visto?

Una palla perfetta. Un volto rotondo, materno, dal sorriso triste e gli occhi socchiusi. Oppure due amanti che si baciano, le palpebre serrate. Questo, a seconda di come la si guarda.

Cate però tiene gli occhi fermi sul fratello. Osserva le sue mani nodose e abbronzate, con strane pieghe da vecchio sulle nocche, che scivolano sulla canna del fucile, avanti e indietro.

Di', hai visto che luna a palla?

Dice Mat.

L'ho vista, e allora? Quelli là mica lavorano di notte, alle cinque e mezza staccano e se ne vanno a casa loro, e poi cosa c'entra la luna?

Stamattina, mentre tu eri a scuola, ha telefonato l'assistente sociale, quella con la voce da uomo.

Ha parlato senza guardarla e non la guarda neanche adesso. Punta il fucile verso il quadrato buio della finestra, dritto verso l'alone di luce gialla in mezzo al cielo. Un tirassegno da fiera di paese. Mat immagina la ragazza dietro il bancone, bocca rosso fuoco e riccioli ossigenati, gomma da masticare che fa le bolle e due tette enormi strizzate in un reggiseno a balconcino; la voce, una lagna cantilenante: tre tiri un euro un euro tre tiri, se colpisci il centro del bersaglio puoi scegliere un pupazzo, orso delfino mucca o gallina, gallina mucca orso o delfino, delfino orso gallina o mucca?

La Giusti.

La voce di Cate è inespressiva. Un muro bianco e liscio, passato con la cartavetrata.

Sí, la Giusti. Ha parlato con la preside, le hanno detto che è da piú di una settimana che a scuola non mi faccio vedere. Dice che entro quattro cinque giorni sistemano le cose, subito dopo il funerale. Intanto ci sbattono in Istituto, poi si vedrà. Ma io non ci vado in Istituto, col cazzo che ci vado. Non vado da nessuna parte. E neanche tu. Né Billo.

Mat abbassa il braccio destro. La canna del fucile sfiora il pavimento, oscilla avanti e indietro. Una contrazione minima del bicipite.

Stai delirando.

No, sto benissimo, sto solo dicendo che dopo il funerale ci sbattono in un istituto del cazzo, un orfanotrofio, una roba da vomitare, e magari Billo lo danno a un'altra famiglia, lui è ancora piccolo, ma col cazzo che ci prendono. Ci provino pure.

Che famiglia?

Billo è ricomparso nella stanza. In mano ha la scatola gialla e rossa dei fiammiferi. Gira gli occhi da sua sorella a suo fratello e viceversa.

Sta' zitto, e guarda la luna, nano. Hai visto che bella, è proprio piena.

Mat si avvicina al fratello, gli strappa di mano la scatola dei fiammiferi.

Ce ne hai messo di tempo.

Erano sotto i tovaglioli, in fondo al cassetto.

Ecco il fruscio della capocchia del fiammifero contro il lato ruvido della scatola, il piccolo scoppio della fiammella che si accende, l'odore acre di zolfo che si libera nell'aria e fa pizzicare il naso. Billo è affascinato come al solito. Rimane a bocca aperta a osservare le mani rapide e sicure del fratello compiere quella magia proibita. La mamma ha detto che toccare i fiammiferi è vietato. Ma prima o poi.

Cate si butta a sedere sul divano, si guarda attorno con aria indifferente, poi punta gli occhi in quelli di Mat.

E dov'è che sei stato?

Quando?

Hai detto che non ti sei fatto vedere a scuola. Dov'è che vai quando fai fuga?

Mat guarda sua sorella con la coda dell'occhio. Sbuffa il fumo verso l'alto. Gonfie nuvole azzurre che subito si disfano.

Cate quando fa domande le butta lí senza peso. La voce piatta e uguale non sale come dovrebbe in fondo alla frase. Forse neanche lo fa apposta.

In giro.

In giro dove?

Qua attorno.

Da solo?

Non lo guarda. Sta giocando con le dita piccole di Billo che si è seduto sul divano rosso di fianco a lei.

Cosí, intrecci il medio sopra l'indice, ecco, questo qua è il muso della capra.

Billo la lascia fare, rapito dalle proprie dita che sembrano di gomma tra quelle fresche e lunghe di Cate.

Dipende, a volte da solo e a volte no.

Dice Mat a bassa voce, come se parlasse a se stesso.

E con chi è che ti vedi?

I soliti. C'è un portacenere?

Mat si guarda attorno nella stanza in penombra. Di accesa, c'è solo la lampada indiana della mamma, quella di carta, con motivi rossi e neri che corrono tutt'attorno: lune e soli che danzano in cerchio.

Quello azzurro, è lí, sopra la tele.

C'è silenzio nella stanza. Cate e Billo che giocano a fare le ombre di animali contro il muro bianco. Una capra. Un cane. L'orso bruno. Il cavallo.

Mat sgancia il fermo metallico del fucile e lo spinge di lato, le canne ruotano e il fucile si spezza a metà tra le sue braccia. Sul tavolino ha sistemato tutto quello che gli serve. Toglie la polvere con uno scovolino, lucida le canne con uno straccetto di panno intinto nel barattolo di grasso, gli stessi identici gesti che faceva suo padre, e la stessa espressione seria, concentrata.

Cate stringe la mano di Billo tra le sue. Osserva l'ombra che si compone e si scompone sul muro. La testa di capra, che con un piccolo spostamento della falange di un dito si trasforma in quella di un orso, e poi di un gallo. Si guarda attorno e il tempo le appare come una cosa solida: fermo, rappreso come in una vecchia fotografia, o un quadro fiammingo di ambientazione domestica. Una famiglia dentro una casa. È sera, tutti sono raccolti nella stessa stanza, intenti alle loro occupazioni minute, da dopocena, la luce di una candela, o di una lanterna, illumina la scena: la madre che cuce, il padre – il cacciatore – che lucida il fucile oppure fuma guardando il fuoco del camino, i bambini che giocano sopra un tappeto.

Ma questa non è una fotografia, e neanche un quadro. E qui ci sono solo loro: tre fratelli.

Da fuori, arriva un rumore improvviso e il tempo si sblocca.

Sobbalzano tutti e tre e trattengono il fiato, in ascolto. Il primo rumore è un suono scrocchiante di rami spezzati, poi un susseguirsi rapido di passi, che non si capisce se siano di animali oppure di persone. Infine, l'abbaiare furioso di cani in lontananza. Latrati secchi e ritmati. Prima acuti, poi sempre piú bassi, fino a che non diventano ringhi mostruosi, strozzati in gola.

Cos'è stato?

Cate resta immobile, le dita di Billo strette tra le sue, gli occhi allargati e il labbro superiore, pallido, stretto tra i denti.

Ahi, mi fai male.

Piagnucola Billo.

State zitti. Vado io.

Mat corre verso la lampada indiana, i piedi nudi schioccano contro le mattonelle di cotto del pavimento. La spegne. Si sporge dalla finestra aperta, il fucile appeso alla spalla. Il respiro contratto e rapido.

Non c'è nessuno. Sarà stato un gatto, un animale. Cazzo, siamo proprio dei cagasotto, è campagna qui, siamo quasi in mezzo al bosco, ci stiamo da una vita e ancora abbiamo paura.

Adesso è diverso.

Dice Cate.

Ha ancora le labbra strette. Le parole le escono appiattite. Dondola un piede avanti e indietro.

Billo si è ribaltato sul divano, i piedi contro il muro e la testa a ciondoloni oltre il bordo. Le sue scarpette da ginnastica lasciano strisce nere da cingolato contro l'intonaco color piscio.

Mat posa il fucile con il calcio per terra e la canna in equilibrio contro il muro. Lo controlla per qualche secondo, per essere certo che non scivoli, si pulisce il palmo delle mani contro il retro dei jeans, poi si volta verso la sorella. I capelli gli cadono sulla faccia e scoprono solo la punta del naso e la bocca. Li butta indietro con la mano, un gesto secco che termina subito.

Cate, ti va di raccontare una storia? Se no mi addormento. E non ho voglia di dormire, stanotte.

Volta subito la faccia, come se si vergognasse.

Una storia..., non mi viene in mente niente, che storia vuoi?

Anche lei non lo guarda. Osserva controluce le unghie della mano sinistra, arrotondate e lucide di smalto trasparente. La paura di pochi istanti fa è sparita dal suo volto che è di nuovo rilassato e atono, acceso solo dal verde degli occhi quando le palpebre si sollevano.

Mat si illumina, la vergogna si dissolve; la sua voce adesso sembra quella di un bambino.

Una di quelle che ci raccontava sempre papà, te

la ricordi quella di Biancaneve e Rosarossa, o il Piccolo Sarto, oppure quella di Fratellino e Sorellina.

Ma quella è roba da bambini piccoli, cos'hai stasera?

Niente..., cosa devo avere? Voglio solo sentire una storia, è grave?

No. Solo strano. E comunque, stasera è tutto strano.

Cate si stira sul divano, allunga le gambe e solleva le braccia sopra la testa, le mani intrecciate. I seni spingono contro la camicia bianca come minuscole punte di ferro.

Mat distoglie lo sguardo, si tira indietro i capelli con tutte e due le mani, respira a fondo, butta fuori l'aria.

Allora?

Cosa, allora cosa?

Biascica lei in mezzo a uno sbadiglio.

Racconti o no?

Dài Cate, io non le so.

Billo si agita sul divano, lo fa barcollare come un gozzo di legno in mezzo a una tempesta. Le gambe sollevate per aria si scuotono come pennoni al vento. Con le mani, afferra un polso della sorella e comincia a strizzarlo muovendo le dita in direzioni opposte.

Smettila Billo, mi fai male.

Cate tira via il braccio con un gesto violento.
Mi vengono le formiche, cosí.
Che formiche?
È un modo di dire Billo, è il sangue che si ferma e dopo, quando ricomincia a scorrere, fa cosí, lo senti sfrigolare, bruciare, si dice *formiche*.
Billo la osserva serio.
Cate?
Eh, cosa?
Dove abitano le formiche?
Cate sorride, si stira ancora.
Dipende, alcune abitano sottoterra, in caverne profondissime che si sono scavate da sole.
Si illumina tutta mentre racconta e Billo continua a osservarla, attento.
Si scavano delle caverne sotto le strade, sotto i palazzi, sotto i campi da calcio, sotto i prati, altre invece abitano nella corteccia degli alberi.
Smette di parlare e guarda il fratellino con un sorriso malizioso. Ma lui non sorride, continua a fissarla a bocca spalancata.
Davvero?
Le domanda meravigliato.
Sí, davvero, non le hai mai viste le città?
Che città?
Guarda bene la corteccia di un albero, guardala da vicino, ci sono dei dislivelli.
Dei cosa?
Ci sono dei pezzetti di pelle che si sollevano, e quelli lí sono come le sopraelevate delle tangenziali.
Perché, anche le formiche hanno la macchina?

Ma no!

Ride Cate.

Cosa c'entra, però sono in tante, devono organizzarsi bene per muoversi, se no sai che casino. E poi ci sono le crepe e quelle sono le strade e dentro i buchi ci sono le case e poi ci sono i punti panoramici e i giardini con il letto di muschio dove le famiglie vanno a prendere il sole e fare i picnic, insomma, le formiche piú fortunate abitano sugli alberi.

E quelle sottoterra? Perché se ne stanno lí al buio, ci sono cosí tanti alberi.

Mat si avvicina al fratello e con l'indice gli dà un colpetto sotto il naso.

Perché pagano meno d'affitto.

Dice, e gli strizza l'occhio.

Cate mette una mano sulla spalla di Billo.

Tu adesso devi dormire. Magari accendiamo un po' la tele, mezz'ora al massimo poi te ne vai a letto.

No. Niente tele.

Dice Mat, asciutto.

Dopo dormo. Adesso racconta.

Billo striscia fino al grembo della sorella e ci mette la testa in mezzo. Cate la prende tra le mani, si china per baciargli la punta del naso, poi in un unico movimento la allontana da sé e la guida verso il cuscino. Si alza e afferra una sedia per lo schienale. La trascina senza sollevarla. Sul pavimento restano strisce fuligginose di gomma sfarinata.

Dove vai?

Mat osserva il braccio della sorella teso dietro la schiena, la torsione incredibile dell'avambraccio, le pieghe scure della manica.

Mi metto vicino alla finestra, cosí intanto guardo fuori.

Cate si siede, si liscia col palmo delle mani la pettorina della camicia bianca, accavalla le gambe, socchiude gli occhi e respira a fondo.

Mat e Billo la guardano, in attesa. Sembrano due bambini molto piccoli: gli occhi sgranati, la bocca socchiusa.

Nella stanza c'è un silenzio profondissimo, interrotto solo dal canto dei grilli che arriva dalla finestra aperta, dai fruscii segreti del bosco sotto la casa. Suoni striscianti e schiocchi, i richiami degli uccelli notturni e lo sbattere di grosse ali tra i rami, il suono lontano dell'acqua del torrente, quello di piccoli sassi che cadono dalle pareti rocciose e rotolano a valle, il frusciare incessante delle auto sulla tangenziale. Una musica complicata, che alterna toni cupi ad altri piú lievi. Il bosco là fuori è una materia viva che respira, si muove, striscia sul terreno, geme, si ferma e si interrompe, si zittisce poi riprende.

Di giorno, questo bosco sembra disabitato. Le cime degli alberi oscillano leggere, le nuvole volano veloci e cambiano la direzione della luce sul manto di foglie: una pelle verde scuro, rosso e marrone che tremola appena poi torna immobile, come dipinta a olio su una tela. Sembra impossibile che là dentro possa accadere qualcosa. Qualunque cosa. È un mondo chiuso e fermo. Disabitato. Poi accade che di notte, alle volte, da un costone un po' esposto si levi un grido agghiacciante. Una specie di ruggito che strappa il silenzio della valle e fa rimbombare l'aria. Un orso, oppure un capriolo. Nessuno di loro è mai riuscito a identificarlo, neanche il papà. È il lamento di una creatura misteriosa, acquattata nel buio. Un suono ostile, di bestia oltraggiata.

Quelle sono sempre state le notti in cui piú del solito ci si accertava che ogni singola porta e finestra fosse ben chiusa. Barricati dentro la casa, in silenzio, come in attesa di una visita che non sarebbe mai arrivata. Quel ruggito riecheggiava nel bosco e rendeva il buio fuori dai vetri ancora piú terrificante. Erano loro, e gli altri: le creature misteriose che abitano le montagne. Loro, chiusi dentro la casa e gli altri là fuori, nel buio, a combattere battaglie delle quali ignoravano tutto se non lo sgomento che gli provocavano il suono degli zoccoli sulle rocce, il franare delle zampe sulla ghiaia, quel verso orribile e rauco che piano piano si allontanava e infine spariva. Ma lo stesso restava nei sogni, nel silenzio della loro camera di bambini e il papà doveva restare lí seduto su una seggiola, la sigaretta sempre accesa tra le dita, a raccontare una storia qualsiasi per tranquillizzarli.

Anche adesso restano immobili tutti e tre, in ascolto.

Cate si schiarisce la voce, posa i palmi delle mani aperte sulle cosce, si piega un po' in avanti con il busto, il viso rivolto al buio fuori dalla finestra e comincia a raccontare.

C'era una volta.

Un pensiero veloce le increspa le labbra. Si interrompe e volta la testa di scatto verso il divano, dove Billo e Mat stanno stravaccati, le gambe intrecciate e la testa buttata all'indietro, contro lo schienale imbottito.

Non doveva venire la dottoressa stasera?

E allora?

Sbuffa Mat, sollevando appena la testa dal divano.

E allora perché non è venuta?

Ecco quello sguardo: verde ghiaccio, appuntito, da animale che non si fida.

È venuta, è venuta.

E io dov'ero?

Eri in bagno.

E cosa ha detto?

Niente, non ha detto proprio niente.

Cate torna a voltare la testa verso il quadrato nero della finestra. Un volo rapido attraversa quella porzione di cielo, è un volo goffo e gonfio, pelo grigio che sbatte nel buio. Un gufo. Il tremore delle fronde d'abete tra le quali ha trovato riparo. Senza voltarsi, la ragazza sussurra:

Billo? Ti sei addormentato?

No.

Pigola lui.

Cate si alza, ha un brivido improvviso, si stringe le braccia attorno al corpo: fuori dalla finestra, il gufo, appollaiato tra i rami dell'abete, sembra fissarla con i suoi immensi occhi gialli.

Ti metto a letto, dài. Dormi in piedi.

Noo, noo. La storia non la dici piú?

Cate gli prende una mano e lo solleva di peso. Un fagotto pulsante di quaranta chili.

Un immagine veloce: Billo la prima volta che l'ha visto. All'ospedale. La mamma pallida, stesa nel letto bianco, quasi bianca anche lei: la camicia da notte, la pelle, le mani, le labbra stirate in un sorriso. Tutto bianco. E tra le sue braccia sottili, lui, Billo. Che si chiamava ancora Francesco, il soprannome è arrivato molto tempo dopo. Francesco è un bruco con la testa pelata. Il volto rotondo come una piccola luna. Gli occhi ciechi da gattino appena nato. La bocca sporca di vomito. Le mani piccolissime serrate a pugno. Esattamente come adesso che agita quella sinistra nell'aria e intanto spinge per terra con le punte dei piedi, per frenare.

Muòviti. Te la racconto quando sei a letto.

Mat li guarda uscire dalla stanza, Cate per prima, i fianchi rigidi dentro i jeans blu scuro, le spalle un po' curve per la stanchezza, e Billo dopo di lei, il braccio stirato e la testa buttata all'indietro, una smorfia sulla faccia. Spariscono oltre lo stipite bianco della porta, entrano nell'ombra dell'atrio. A luci spente, salgono le scale. Billo piagnucola ancora, si sentono i passi sui gradini, i toc toc gommosi, qualche strisciata. Una porta si apre e si chiude.

Mat resta steso sul divano e guarda il quadrato nero della finestra. Dal piano di sopra arrivano piccoli rumori e la voce di Cate che canta una canzone. Chiude gli occhi. Una volta, tanto tanto tempo fa, quelle canzoni sua sorella le cantava anche a lui.

Ricorda le dita lisce di Cate che gli sfilano i vestiti con calma e attenzione. La frescura dei suoi polpastrelli contro la pelle. Lui nudo davanti a lei, che non ride, non sorride, non fa nessuna faccia. E lui che invece si vergogna e al tempo stesso vorrebbe che non finisse. Molto di piú di quando a spogliarlo è sua madre.

Riapre gli occhi. Il sesso gli si è indurito. Vibra sotto la cerniera rigida dei jeans.

Ecco i passi di Cate che scende piano le scale. Il cuore gli batte piú in fretta. A volte Mat si vergogna ancora, come se lei potesse guardargli dentro la testa e vedere tutto quello che ci passa dentro: immagini, pensieri. Tutte le cose alle quali lui non riesce a dare un nome, anche quelle sporche.

Cate rientra in salotto senza fare rumore. I passi sono veloci e leggeri, aria fresca e limone. Sembra sempre che stia correndo, poi si blocca di colpo. Proprio come adesso che si è fermata in mezzo alla stanza, il viso rivolto alla finestra.

Adesso me la racconti tutta per bene.

La sua voce, come al solito, non ha nessun tono particolare.

Resta ferma a guardare il buio là fuori, le braccia strette attorno al corpo, come se avesse freddo.

Mat non si muove, non fa un gesto, osserva le spalle troppo magre della sorella che premono contro la camicia come se volessero uscirne, strappare la stoffa, schizzare fuori.

La luna si è spostata, è sparita dal quadrato nero racchiuso nei margini della finestra. L'alone bianco si è dissolto.

Lo hai staccato il telefono?

La voce di Mat arriva improvvisa, uno strappo in quel silenzio assorto della casa, della vallata, dei boschi là fuori, della tangenziale lontana illuminata di giallo: una cascata frusciante di luce che scivola sul dorso del mondo.

No, perché dovrei staccarlo?

Cate volta rapida il viso verso il fratello. Sposta solo il collo, il mento quasi puntato sulla spalla, in una posa che la fa somigliare a uno strano uccello.

Almeno stasera stiamocene tranquilli. Noi da soli. Parliamo.

Dice Mat, a voce bassa.

Io tra un po' voglio andare a letto, sono stanca.

Cate strofina il dorso della mano sulla fronte, sposta i capelli all'indietro. All'improvviso, ha davvero l'aria distrutta.

E poi cosa c'è da dire? Piuttosto, adesso mi spieghi questa storia della dottoressa. A che ora è venuta?

Alle sette.

Non ero in bagno alle sette.

Da qualche parte eri, se non stavi qua.

Sí, può darsi.

Uno sbadiglio le deforma le labbra, la mascella, ma non smette di parlare, le sillabe le escono di bocca distorte, sembra che stia parlando dentro un tubo.

E aaaallooorаaa? Cooosa haaaa dettooo?

Ha detto che domani ci vengono a prendere per portarci in Istituto e che stanotte qua con noi ci stava lei.

E dov'è?

Cate si guarda attorno, allarga le braccia, i palmi delle mani rivolti verso l'alto, e gira la testa di qua e di là.

Non c'è.

Mat la guarda fisso negli occhi e per una volta lei non distoglie lo sguardo.

Ma se hai appena detto che doveva restare qui.

L'ho mandata via.

Un sorriso gli increspa un angolo della bocca, la ruga invisibile di fianco alle labbra si incide nella pelle e trema appena un po'.

E come hai fatto?

Stavolta Cate ride sul serio. Il volto spigoloso si illumina tutto.

Niente, le ho detto che stanotte veniva la vicina di casa a dormire qua da noi e allora ha voluto andarci a parlare. Gliel'avevo già detto alla Giuliana se per favore poteva dire che dormiva lei da noi, cosí stanotte ce ne stavamo tranquilli senza nessuno tra le scatole.

E brava Giuliana.

Cate sospira. Stringe le labbra in un filo sottile. Guarda un punto del muro bianco e granuloso, senza voltarsi verso Mat che di lei ora vede solo il profilo, e ricomincia a parlare.

La mamma secondo te le voleva bene alla Giuliana?

E io che ne so, penso di sí.

Mat abbassa lo sguardo, si rosicchia l'unghia del pollice. All'improvviso, gli è venuta voglia di scappare, di uscire da questa stanza, dalla casa e di mettersi a correre per il bosco, di scendere a valle a cercare i suoi amici giú al bar tabacchi. Fumare una sigaretta insieme a loro, bere una birra, parlare delle solite cose idiote di cui si parla tra maschi, partite di calcio, basket, ragazze, di niente. Stare lí a far passare i minuti. Di solito, dopo un po' comincia ad annoiarsi a morte e a non vedere l'ora di tornarsene a casa, però adesso, in questo silenzio opprimente e con sua sorella che gli parla seria come non accadeva da tanto tempo, come forse non è mai accaduto, gli è venuta paura. Ma Cate non si accorge di quello che gli passa per la testa, sta sempre girata a fissare un punto del muro, le braccia abbandonate lungo i fianchi. E parla, come se parlasse sola e invece sta parlando a lui.

Una volta la mamma mi ha detto che se non c'era la Giuliana si era già ammazzata.

E allora?

Allora le voleva bene. Si facevano compagnia. Come noi. Anch'io se non c'eri tu mi ero già ammazzata.

Si volta a guardarlo. Ha le guance rosse. Gli occhi sono enormi, la pupilla nera al centro di quel lago verde è una goccia di inchiostro che si allarga e si restringe.

Che cazzo dici?

È vero. Tu e Billo. Se ero da sola con la mamma quando è morto papà io m'ammazzavo.

Torna a voltarsi e il suo corpo si blocca a metà di un movimento, come se non sapesse piú cosa deve fare, se camminare o fermarsi, restare in piedi oppure sedersi. Alla fine, decide di stendersi sul divano di fianco al fratello, appoggia la testa contro un cuscino e chiude gli occhi. Le mani composte sullo stomaco, solide e abbronzate contro il bianco della camicia.

Mat rimane seduto a un millimetro da lei. Respira l'odore di limone del corpo della sorella, con la coda dell'occhio osserva i seni alzarsi e abbassarsi, alzarsi e abbassarsi.

Ora forse si addormenta. E anche lui potrebbe dormire, chiudere gli occhi un secondo.

La prima a svegliarsi è Cate. È stato il filo d'aria fresca che entrava dalla finestra e le scivolava addosso ad averla svegliata. Una bava lucente d'aria che ha corso dentro il bosco e poi fuori, sopra la valle e lo sterrato e dentro la casa, che ha attraversato sicura le stanze, si è posata su di lei, e lí si è fermata.

Cate si stira, allunga le braccia dietro la testa e le tende fino a sentire quasi dolore, le dita intrecciate, le costole che premono contro la pelle. Un movimento involontario delle gambe, un ginocchio che spinge contro il fianco di Mat. E anche lui si sveglia. Uno sbadiglio enorme, la bocca è una grande O deformata. Si stropiccia gli occhi con i pugni fino a farli lacrimare. Poi si volta verso Cate che si è tirata su e si è messa a sedere composta, le gambe strette, le mani posate sulle cosce.

Hai fame?

Le chiede.

Sí, un po'.

Gli risponde lei senza guardarlo, gli occhi fissi e opachi che ha tutte le volte che sta pensando a qualcosa di indecifrabile, persa in quel mondo segreto che Mat pensa debba assomigliare alla sua stanza. Buio, profumato di incenso, decorato con stoffe indiane, campane eoliche e senza nessun poster alle pareti, solo disegni di fiori enormi fatti all'acquerello, viola, porpora e nero.

E Billo? Lo hai mandato a letto a pancia vuota?

No, ha fatto merenda alle sei. Lui mangia poco.

E io invece mangio un casino. Che ore sono?

Le nove e mezza.

Nove e mezza!

Mat fa un piccolo fischio smorzato, tirando all'indentro una porzione di labbro.

Sembrano le tre di notte. Mi sa che mi ero addormentato.

Anch'io.

Ci facciamo la pasta?

Sí, metti su l'acqua.

Mat si alza dal divano, si stira allungandosi verso il soffitto. La maglietta si solleva a mostrare la cintura dei jeans e i fianchi stretti e scuri, lucidi come se fossero oliati. Accende la luce dell'atrio: una nuvola bianca esplode nella stanza e annulla il chiarore della piccola lampada indiana accesa in un angolo. Prima di uscire, volta la testa verso Cate, e sorride.

Dopo però la storia me la dici, eh?

Dopo.

Ripete lei, la testa chinata in avanti, gli occhi chiusi e le braccia tese davanti a sé per sciogliere i muscoli indolenziti.

Magari dopo.

Resta seduta ancora per un po' a guardare il fucile in equilibrio contro il muro, di fianco alla finestra.

Il tavolo della cucina non è apparecchiato. Sulla fòrmica rossoarancio del vecchio tavolo allungabile ci sono solo due ciotole gialle, due bicchieri di vetro spesso e opaco, una brocca piena d'acqua di rubinetto, due forchette.

Uno davanti all'altra, Cate e Mat mangiano in silenzio, senza alzare lo sguardo dal piatto.

Cate gioca con gli spaghetti, li avvolge intorno alla forchetta, poi fa il movimento nel senso inverso. Pensa che forse non dovrebbe mangiarli, però ha fame. Allora avvolge e poi torna indietro. Piccoli movimenti del polso, avanti e indietro, avanti e indietro.

Mat alza la testa, il mento sporco di rosso, e finisce l'ultimo boccone prima di parlare.

Buona. Dovresti mangiare, se no diventano freddi.

Cate non gli risponde. Osserva attenta il nido di spaghetti avvolto stretto attorno ai rebbi della forchetta.

Non c'era piú niente in cucina, solo una cipolla mezza marcia e un barattolo di conserva.

Dice fissando il piatto ancora pieno.

Oggi potevi scendere al Despar a comprare qualcosa.

Cate fa una smorfia, appoggia la forchetta ancora carica di spaghetti sul bordo del piatto.

No, no che non potevo. Non avevo nessuna voglia di incontrare le colleghe della mamma, tutte lí a compatirci. Vaffanculo, quelle sono dei corvi di merda pronti a sbranarti anche se sei ancora vivo. Io non la sopporto la pietà della gente. E poi non abbiamo piú soldi.

Mat osserva il volto asimmetrico della sorella incendiarsi di rabbia e la sua mano abbronzata, con le dita forti, le unghie curate e lucide, stringersi attorno alla forchetta e finalmente portarla alla bocca.

Meglio cosí, tanto il frigo è rotto.

Dice Mat e indica il vecchio Ignis bombato, bianco sporco.

Adesso Cate sorride. La guancia sinistra gonfia per il boccone.

Però il sugo è venuto buono lo stesso. Ci ho messo l'origano. Ce n'è un vaso pieno. L'ha raccolto la mamma l'anno scorso al mare. E una foglia di menta. Mi piace la menta col pomodoro.

Sí. Buono. Adesso, appena hai finito, la storia.
Dice Mat e si accende una sigaretta.

Posso stare qua anch'io? Non riesco a dormire.
Billo è appoggiato allo stipite della porta, i capelli arruffati, il pigiama azzurro sbiadito, troppo grande, che gli copre mani e piedi.
Cate fa un gesto con la mano, lo prende a sedere di fianco a sé.
Vieni. Mettiti sdraiato cosí, con la testa sulle mie gambe.
Billo chiude gli occhi, si lascia accarezzare i capelli, le guance, il collo.

Cate socchiude le palpebre e comincia a raccontare.

Il fratellino prese la sua sorellina per mano e disse, da quando la mamma è morta non abbiamo piú avuto un'ora di bene, la matrigna ci picchia ogni giorno e se ci avviciniamo a lei, ci manda via a calci. Da mangiare ci dà solo delle croste di pane vecchio, pure il cane mangia meglio di noi.

Mat si agita sulla sedia, volta la testa verso i fratelli per un istante, poi torna a fissare lo sguardo fuori dalla finestra. La voce è bassissima, si sente appena.

Da quando la mamma è morta ancora non ho pianto.

Sono solo due giorni. Ne hai di tempo.

Bisbiglia Cate, gelata.

Billo tira su la testa, guarda la sorella dritto negli occhi e anche lei lo guarda: lo stesso colore, verde acido.

Dov'è andata la mamma?

Cate sospira.

Dove voleva andare da tanto tempo.

Billo punta i gomiti e si mette seduto, insiste.

Sí, ma dove?

Io questo non lo so. Ma credo che è un bel posto. Con il sole, e dei bei prati.

La mano della ragazza si solleva a sfiorare la guancia del bambino, ma lui sposta il viso di scatto e si allontana.

Anche qua c'è il sole e ci sono pure i prati.

Sí, ma là c'è anche il papà, e poi si sta senza far niente tutto il giorno.

Mat è in piedi davanti a loro, la maglietta bianca sollevata sulla pancia, le mani infilate in tasca.

Allora, è già finita la storia?

Cate esita un istante, prende fiato e ricomincia a raccontare.

Pure il cane mangia meglio di noi. Se lo sapesse la nostra mamma! Vieni, disse allora il fratellino, andiamocene per il mondo. Camminarono tutto il giorno per i prati, per i campi e per le strade e poi iniziò a piovere e la sorellina allora disse, Dio e i nostri cuori piangono assieme. Alla sera, arrivarono in un bosco ed erano cosí stanchi, per la fame e il pianto e tutto quel camminare, che si misero nel buco di un albero secco e si addormentarono come due pere.

Anche Billo si è addormentato, guardalo lí.

Mat sorride, Cate può sentirlo benissimo, anche se da dove si trova non riesce a distinguere il suo viso. Sorride anche lei. Si china a guardare il viso del bambino.

Gli cade la saliva giú per il mento, ha la testa tutta molle, che dici, lo metto a letto?

No, lascialo lí, magari se lo sposti si sveglia, lascialo dormire.

Cate si sposta lentamente, prende tra le mani la testa del fratellino e con dolcezza la guida verso il cuscino. Apre la bocca per parlare, si blocca, esita, poi finalmente le parole escono dalle sue labbra mentre volta la testa verso Mat.

Senti… ti volevo chiedere una cosa.

Spara.

Dice Mat distratto. Si alza dalla sedia e fruga sulla mensola per cercare il pacchetto di sigarette.

Tu hai mai parlato con qualcuno della mamma e di noi? Intendo per davvero.

Cate sta seduta sul divano composta, la schiena dritta, le mani sulle ginocchia, le dita intrecciate. Guarda fisso suo fratello. Gli occhi inespressivi.

Dici con gli assistenti sociali?

Sí.

No. Non ho parlato con nessuno.

Sulla mensola, Mat trova un pacchetto di Ms morbido infilato tra un elenco del telefono e una rivista femminile. Un pacchetto vecchissimo. Le sigarette ormai devono essere secche. Papà fumava le Ms. Un'immagine veloce: le mani grandi di suo padre, sporche di grasso nero, nella sinistra una chiave inglese, nella destra l'Ms mezza consumata che butta una spirale di fumo. Le dita callose macchiate di gialloarancio.

Rimette il pacchetto nell'esatta posizione in cui l'ha trovato, si volta verso Cate e l'immagine di suo padre sparisce.

E tu? Tu hai raccontato qualcosa a qualcuno?

No.

Cate si ferma, succhia il labbro inferiore all'interno della bocca, poi lo lascia andare. Le trema una guancia. È un tremito impercettibile e solo lei può accorgersene, ma lo stesso se ne vergogna.

Sí, a una persona.

La voce di Cate è un sussurro.

A chi?

Mat si avvicina alla sorella, curioso.

Un amico. Ma è lunga da spiegare, adesso non mi va. Vado avanti con la storia?

Come vuoi.

La mattina dopo, i due bambini vennero svegliati dai raggi bollenti del sole che era già alto nel cielo. Il fratellino disse: ho tanta sete, devo bere, cerchiamo una sorgente. Ma la matrigna cattiva aveva visto che i due fratellini scappavano e aveva stregato tutte le sorgenti del bosco. Cosí, quando finalmente trovarono la sorgente e il fratellino si chinò per bere, la sorellina sentí che l'acqua mormorava – *chi beve da me diventa una tigre*, allora lo fermò e gli disse, ti prego fratellino non bere, se bevi diventi una tigre e poi mi sbrani. Va bene, disse lui, cerchiamo un'altra sorgente.

Mat interrompe il racconto della sorella. Si alza dalla sua sedia e cammina a piedi nudi attraverso la stanza, diretto alla porta.

Aspetta un secondo che prendo le sigarette, le ho lasciate di là.

Cate aspetta, guarda la luna ormai mezza nascosta da buie fronde d'alberi.

Mat rientra nella stanza e guarda nella stessa direzione.

Hai visto che pallone la luna? Dici che è proprio piena piena?

Sí che è piena, non la vedi?

Gli risponde lei senza voltarsi. Resta immobile e in silenzio ancora un istante, poi riprende a parlare, senza distogliere lo sguardo dalla sfera gialla.

Alla mamma piacevano le notti di luna piena, ti ricordi che se ne stava sveglia, seduta sulla veranda a fumare anche se faceva freddo?

E non dormiva.

Dice Mat, la voce che si incrina.

Sí, quando c'era la luna piena non prendeva il sonnifero e stava lí a guardare. Sembrava un fantasma, cosí magra, con i capelli spettinati e quell'accappatoio bianco tutto scucito che pendeva da una parte.

Cate ha parlato d'un fiato, senza quasi respirare.

La mamma era strana, però le volevo bene.

Dice Mat.

Sí. Anch'io. Prima dell'incidente di papà però mica era strana, te la ricordi come era allegra?

Non mi ricordo niente. Dov'eri con la storia?

Cate ha un sussulto e subito riprende a raccontare, veloce.

Cercano la seconda fonte e quando la trovano la sorella sente che anche quest'acqua mormora qualcosa e dice: *chi beve da me diventa un lupo*. Allora la sorellina dice: fratellino ti prego non bere se no diventi un lupo e mi mangi. Va bene, dice lui, però alla prossima bevo. Non ne posso piú dalla sete.

Stai andando troppo veloce, mi piaceva di piú come la raccontavi prima.

Cate si blocca, lo guarda.

Spegni quella cicca, fa una puzza schifosa.

Ma se c'è la finestra aperta.

Va be', allora accendine una anche a me.

Si alza e va verso di lui, rapida come sempre. Il fratello si alza, è piú alto di lei di una spanna, fruga con la mano nella tasca posteriore dei jeans, poi in quella anteriore per cercare l'accendino. Sorride.

Ma se hai appena detto che ti fa schifo la puzza.

Non rompere, dammela e basta.

Mat si infila in bocca una Marlboro Light e l'accende. La fiammella illumina per un secondo metà del suo viso: un occhio scuro e allungato, una porzione di zigomo, una narice, mezzo labbro. Dà una boccata, poi passa la sigaretta alla sorella. La mano della ragazza che si allunga verso di lui è una sagoma ritagliata nella carta: le dita, lunghi brandelli fruscianti e sollevati verso l'alto. Porta la sigaretta alla bocca, tira e soffia fuori il fumo, insieme alla prima parola.

Arrivarono alla terza fonte e la sorellina udí l'acqua mormorare, *chi beve da me diventa un capriolo* e allora disse, non bere fratellino, se bevi diventi un capriolo e poi te ne scappi via, ma lui si era già inginocchiato davanti alla fonte per bere e appena le gocce d'acqua toccarono la sua bocca si trasformò in un cucciolo di capriolo.

Mat viene a sedersi di fianco a lei, scosta un cuscino grumoso, foderato di verde e se lo mette sulla pancia.

La mamma le storie non ce le ha mai raccontate, quando eravamo piccoli.

Cate lo guarda di sbieco, senza voltare la testa verso di lui.

Non aveva memoria. E poi le storie non le piacevano.

Perché?

Cate sbadiglia, gli occhi si stringono e strizzano fuori due lacrime rotonde.

Non lo so. Anche a me non è che mi piacciono tanto, però me le ricordo perché ho memoria.

Mat insiste, continua a guardarla fisso. Il profilo di lei, nella luce incerta della stanza, è diverso dal solito, come consumato.

Perché non ti piacciono?

Forse perché le storie parlano sempre di qualcuno che non conosco.

Non è mica vero.

In che senso?

Be', parlano di persone e anche tu sei una persona, e le cose che capitano a un tizio potrebbero capitare anche a te, no?

Cate sbadiglia un'altra volta, allunga le gambe davanti a sé e fa ruotare le caviglie avanti e indietro.

Non lo so. Può darsi.

Chiude gli occhi e resta lí abbandonata sul divano, le lunghe gambe distese, le mani posate sulla pancia.

Allora, vai avanti o no?

La sorellina si mise a piangere e anche il cucciolo di capriolo piangeva, poi la ragazzina disse, stai tranquillo, piccolo capriolo, non piangere, io non ti abbandonerò mai. Si sciolse la treccia e con il nastro cinse il collo del capriolo, con dei giunchi sottili intrecciati fece una corda e la legò al nastro come guinzaglio. Insieme, si addentrarono nel bosco.

Mat si agita sul divano, non riesce a star fermo. Stira le braccia verso l'alto, le lascia ricadere giú sul cuscino con un tonfo che solleva una nuvola di polvere. Billo si gira con la faccia contro il muro, non si sveglia.

Tu hai paura?

Domanda di colpo Mat a Cate senza guardarla.

Di cosa?

Di quello che succede adesso, dell'Istituto, di tutto.

Per te sono solo tre anni. Non è mica tanto. E per me è solo un anno. Nemmeno. A maggio dell'anno prossimo compio diciott'anni e posso andare dove mi pare.

E dove vai?

E che ne so, ci penserò.

Sbuffa lei, grattandosi un occhio.

Io invece ho paura.

Di cosa?

Di tutto. Dell'Istituto, di stare solo senza te e senza Billo, di andar via di qua, non posso piú vedere nessuno dei miei amici... dici che me la posso portare la chitarra?

Non vai mica in prigione.

È uguale.

No, non è uguale per niente.

Va be', forse non è uguale, ma io ho paura lo stesso.

Resta lí fermo a guardarsi le mani. Controlla un'unghia dopo l'altra, avvicinandole al viso. Anche Cate è immobile. Gli occhi chiusi. Solo il seno, che si alza e si abbassa dentro la camicia bianca, dice che è viva. Fa un respiro profondo e la voce le esce sottilissima, quasi un soffio.

Un po' anch'io. E nemmeno io ho ancora pianto. Non mi viene. Comunque, se avevamo dei parenti che ci prendevano, non pensare che era meglio. Io preferisco cosí. Non mi voglio piú affezionare a nessuno.

Quel vestito giallo dove lo hai preso?

La voce di Mat ha di colpo un tono inquisitorio, è stridula e sgradevole.

Cate cerca di restare indifferente, di non fargli capire che ha riconosciuto quel tono che sempre, proprio tutte le volte, li porta a litigare.

Che vestito?

Dài, quello che avevi su stamattina quando sei uscita.

Ah, quello. Non mi ricordo.

È nuovo?

Sí, è nuovo.

E chi te li ha dati i soldi?

Cate si alza di scatto dal divano, resta in piedi, immobile, il viso rivolto alla finestra. Il tono della voce è secco.

Senti, hai voglia di litigare?

No. Scusa.

Mat si infila le mani in tasca, non dice piú niente.

Vuoi che continuo la storia oppure no?

Continua, continua. Aspetta solo un secondo che chiudo la finestra, sta entrando una tonnellata di zanzare.

L'infisso cigola nel silenzio della stanza.

Ecco. Continua.

Cate torna a sedersi sul divano, chiude gli occhi e ricomincia a raccontare.

Cammina e cammina, i due ragazzi arrivarono a una minuscola casetta, la sorellina si affacciò a una finestra, si riparò con le mani dalla luce per guardare dentro e vide che non c'era nessuno, allora pensò che potevano restare a vivere lí. Preparò un giaciglio per il capriolo con delle foglie e del muschio e tutte le mattine usciva e raccoglieva delle radici, delle bacche e delle noci per sé e al capriolo portava dell'erba fresca. Lui mangiava dalla sua mano ed erano contenti tutti e due. La sera, la sorellina si addormentava con la testa appoggiata al fianco morbido del capriolo e quello era il suo cuscino e dormivano sereni.

Sarebbe bello se potessimo rimanere qua.

Cate non volta neppure la testa per guardarlo e quando parla la sua voce suona piatta.

Non abbiamo soldi.

E siamo minorenni, e bla bla bla, non volevo

mica dire che si può fare, ho solo detto che sarebbe bello.

Forse.

Mat non si lascia scoraggiare, si alza, cammina avanti e indietro per la stanza, sfila dal pacchetto una sigaretta, l'accende.

Sí, io dico che potremmo provarci, ci chiudiamo dentro, ci barrichiamo qua, abbiamo pure il fucile, cazzo vogliono, gli spariamo addosso, li cacciamo via.

Cate adesso sorride, un mezzo sorriso di scherno che fa scintillare i suoi occhi verdi.

Sí, poi mangiamo bacche e radici. Accendi la tele per favore, voglio sentire il telegiornale.

Mat le si avvicina, china il viso accanto al suo, le soffia sulla faccia, rabbioso.

Cosa cazzo vuoi sentire, cosa te ne frega? Se è per i soldi, quelli tanto non li abbiamo mai avuti.

Resta lí a guardarla, immobile, il viso a un centimetro da quello di lei. Cate lo fissa dritto negli occhi, lo sguardo freddo, la bocca serrata. Per parlare, separa appena le labbra, ma le guance sembrano immobili, congelate.

Cosí svegli Billo, e poi sei tu quello che vuole sentirsi raccontare le storie, io voglio solo sapere se c'è lo sciopero dei treni o no, mi pareva che era domani, se c'è lo sciopero vengono su in macchina. Non lo voglio piú prendere quel trenino, e non voglio piú vedere quella strada.

Mat si allontana, appoggia la fronte al vetro fresco della finestra.

Accendi accendi, fa' un po' come ti pare.

Dalla televisione, la musica elettronica dei titoli di coda del Tg5. L'esplosione sonora della pubblicità. Ragazze in costume da bagno che corrono su una spiaggia bianca e succhiano ghiaccioli. La musica felice di sottofondo.

Cate dà un'occhiata alla piccola sveglia di plastica blu posata sulla mensola accanto al divano.

È finito, abbiamo l'orologio indietro, sono già passate le undici. Dobbiamo aspettare quello dopo.

Billo si è svegliato. Sbadiglia. Si stira e dà calci contro il sedile del divano. Ha gli occhi gonfi e i capelli appiattiti sulla fronte.

Cosa fate?

Ha la voce sottile: una vena di pianto che sta per aprirsi.

Cate si allunga verso di lui, lo attira a sé e se lo stringe contro. Lui lascia fare, le braccia e le gambe molli.

Niente, vieni, torniamo a letto.

Billo punta il mento contro la spalla della sorella, sta già piangendo.

Voglio il gelato.

Le sbava nell'orecchio.

Mat sbatte qualcosa per terra, forse una rivista.

Non ce n'è gelato, non c'è piú un cazzo qui!

Cate ruota su se stessa per cercare di guardarlo in faccia, ma Billo scalcia tra le sue braccia, un sacco di piombo. È stanca, quasi troppo stanca per tutto. Potrebbe spalancare le braccia e lasciarlo cadere. Poi però non lo fa, e quando parla, la sua voce è dolce. Stringe il bambino con forza, con un colpo d'anca lo solleva piú in alto e lui si aggrappa ai suoi fianchi con le gambe e stringe tanto che per un secondo lei pensa che le esploderanno le ossa in mille pezzetti, come fossero fatte di ghiaccio, tante schegge che andranno a conficcarsi dappertutto e poi si scioglieranno senza lasciare alcuna traccia.

Stai buono, vedo se c'è della cioccolata.

Ma è caldo, io voglio il gelato.

Cate lo posa per terra. Gli si inginocchia davanti, inumidisce un dito con la punta della lingua e gli pulisce le croste di muco attorno alle narici. Gli asciuga le lacrime con il polsino arrotolato della camicia.

Non c'è il gelato, Billo. C'è la cioccolata, la vuoi la cioccolata?

Il bambino spalanca la bocca e il pianto che arriva è asciutto e secco, straziante, un ululato che gli sale dalla pancia e lo fa tremare tutto.

Cate si volta verso Mat, lo fulmina con gli occhi e sibila rapida, a denti stretti.

Lo hai fatto piangere, sei proprio stronzo.

Con due balzi elastici, Mat attraversa la distanza che li separa e la guarda dall'alto. Lei ancora inginocchiata e lui sopra, la testa chinata in avanti, i capelli scuri che gli scivolano sulla fronte e sugli zigomi in tante punte disegnate, le guance accese, gli occhi da pazzo.

Io l'ho fatto piangere?! Bella, non c'è il gelato, è per quello che piange. E non c'è neanche la mammina.

Cate si passa una mano sul viso, chiude gli occhi un secondo. Un secondo solo.

Sei proprio stronzo.

La sua voce è calma adesso, indifferente.

Si alza, prende la mano di Billo. Insieme escono dalla stanza. Mat continua a sentire il piagnucolare di Billo, via via piú sommesso e lontano, sente i passi doppi che vanno verso la cucina, il cigolio delle ante aperte e richiuse, lo sfrigolare della stagnola accartocciata e la voce di Cate che con lui, il fratellino, riesce ancora a essere cosí dolce.

Mat prende la chitarra. La tiene sempre al riparo in un angolo del salotto, dietro il vaso del cactus, sopra una mensola troppo alta perché Billo riesca ad arrivarci con facilità. È successo una volta ed è bastato: con le forbici da cucito della mamma, quel cretino ha tagliato tre corde, cosí, giusto per vedere che effetto faceva, se dopo suonavano meglio. Era tornato da scuola alle due e lo aveva trovato seduto per terra, le forbici nella destra e la corda di sol nella sinistra, pizzicata tra pollice e indice, le lame già quasi chiuse. Zac. L'aveva fatto in quel momento preciso, guardandolo dritto negli occhi e lui non aveva avuto il tempo di fermarlo. Un'espressione innocente su quella faccia d'angelo che a Mat aveva fatto andare il sangue alla testa. Per una frazione di secondo aveva pensato che l'avrebbe ucciso. Solo una frazione di secondo, ma in quel segmento infinitesimale di tempo lui era lucido, lucidissimo. Ricorda la rabbia furiosa che gli pompava nel sangue. E ricorda anche com'era defluita improvvisa, lasciandolo lí in piedi, svuotato, a guardare suo fratello che tirava il moncherino della corda e finiva di sfilacciarlo.

La gente rimane sempre sconvolta dai delitti in famiglia: genitori che ammazzano i figli, figli che ammazzano i genitori, e i fratelli, gli zii, i nonni, magari anche il cane e il gatto e il canarino e i pesci rossi. Quando ne capita uno, alla televisione e sui giornali non si parla d'altro per mesi. Stanno tutti lí attoniti, a farsi domande inutili e a costruire teorie complicatissime per attribuire le colpe a una qualche entità superiore, e nessuno che trovi mai una risposta. Mat, invece, rimane stupito per tutte le infinite volte che non succede proprio niente. Eppure, basterebbe una corda di chitarra tagliata in due. Un barattolo di crema lasciato aperto. Il volume di un disco troppo alto o troppo basso. Ripensa alle porte sbattute, ai piatti lanciati per aria da sua madre, alle parole orrende che rimbalzavano da un lato all'altro della tavola apparecchiata, all'espressione che deformava il volto di suo padre certe volte. Questo è pazzesco, che tutta quella violenza, anni e anni di giorno dopo giorno dopo giorno goccia dopo goccia dopo goccia, esploda cosí e si accontenti di qualche stoviglia rotta, di qualche vaffanculo urlato a pieni polmoni.

Si siede per terra, la vecchia chitarra in grembo. La accarezza, sopra c'è un velo di polvere: è da piú di un mese che non la tocca. Sarà di sicuro scordata, uno strazio. Le corde metalliche vibrano sotto le sue dita. Sfila il plettro giallo e se lo mette tra i denti. Prova qualche accordo, lo sbaglia, riprova. Ripete una sequenza due o tre volte, per essere sicuro che funzioni. Comincia a cantare molto piano, quasi sottovoce, poi aumenta il volume. La sua voce è strana e bella quando canta; di colpo, sembra la voce di un adulto, una voce finita, compiuta.

Quando Cate ritorna, Mat non se ne accorge e continua a cantare: gli occhi chiusi, la testa che oscilla lentamente da una parte all'altra.

Cate resta ferma al centro della stanza. Le braccia abbandonate lungo i fianchi, socchiude gli occhi e comincia a cantare insieme a Mat.

Billo li osserva in silenzio, suo fratello grande e sua sorella grande che cantano insieme, ascolta la canzone finché non finisce e l'ultimo accordo si spegne nell'aria.

Le rane hanno ripreso a gracidare, un coro fortissimo: sembrano proprio davanti alla casa.

Hai riaperto la finestra.

Dice Cate.

Ho caldo.

Dice Mat.

Posa a terra la chitarra e si alza in piedi. Si spolvera il retro dei jeans con il palmo delle mani.

Perché non usciamo e ci facciamo un giro nel bosco tutti e tre insieme, camminiamo un po', magari arriviamo fino al fiume.

Billo salta a piedi uniti, si aggrappa a Cate, le strizza un braccio.

Che bello, che bello, sí usciamo.

Cate sembra indecisa. Ha gli occhi segnati, una piccola ruga al lato della bocca. In questo momento, è identica a una fotografia di sua madre, incorniciata e appesa in cucina, insieme ad altre foto del matrimonio e di loro tre bambini. In quella fotografia, aveva forse la stessa età di Cate. Diciassette anni. È stata scattata in un giorno di pioggia, c'è persino una goccia rotonda che si è fermata sulla lente e che è ben visibile sulla guancia di quella ragazza che è sua madre, la loro madre, sua e di Mat e di Billo e che lí, sotto quella pioggia leggera, forse estiva, di un'estate svanita e risucchiata nel tempo, ha un'espressione strana, come di passaggio: dopo infatti è cambiata, non è mai piú stata la stessa ragazza.

Ma.

Dài Cate, stanotte è l'ultima notte che stiamo qui, per favore.

Va bene, va bene, vado a vestire Billo e mi prendo una giacca, ci metto due minuti, vieni Billo.

I loro passi si allontanano sulle scale.

Mat infila il plettro sotto le corde e rimette la

chitarra al suo posto, sopra la mensola dietro il cactus. Prende il fucile posato contro il muro, fa scattare il fermo metallico e lo ricontrolla per l'ennesima volta per accertarsi che i proiettili siano al loro posto. Apre l'ultimo cassetto a destra della cassettiera bianca dietro il televisore. Alcuni proiettili rotolano sul fondo di compensato. Risuonano come biglie, o come grosse monete.

Dentro il cassetto, ci sono vecchie candeline da torta di compleanno mezze consumate, un numero 12 azzurro, qualche matita con il fusto inciso di morsi, dei tovaglioli rossi.

Mat raschia sul fondo, raccoglie i proiettili sparsi, tre, e se li mette in tasca. Fischietta ancora la canzone di prima. Sottovoce, canticchia una strofa.

I passi di Cate e Billo che scendono di corsa le scale lo fanno sobbalzare. Con il dito indice spinge piú in fondo nella tasca i proiettili. Sposta indietro i capelli con un gesto secco della mano e sorride.

Cate è spettinata, il giubbotto di cotone rosso arrotolato alla vita, le maniche legate con un nodo. Mat la osserva: la coda di cavallo si è allentata e i capelli le scivolano sul viso, un'ombra le nasconde gli occhi e lascia illuminate soltanto le labbra. In questo momento è bellissima, potrebbe essere una ragazza qualunque, non sua sorella. Ma naturalmente *è* sua sorella, e lui questo lo sa benissimo.

Noi siamo pronti. Andiamo?

Mat fa un cenno affermativo con la testa.

Andiamo.

E quello?

Cate indica il fucile.

Quello cosa?

Il fucile.

Ah, il fucile.

Dice Mat, e fa una pausa. Lo solleva, lo guarda, poi sorride.

Niente, me lo porto cosí, non si sa mai.

Cate ha ancora il respiro veloce per la corsa di prima. Non riusciva a trovare il giubbotto e ha dovuto rivoltare il contenuto dell'armadio. Coperte, cuscini, grossi sacchi di plastica pieni di vestiti vecchi che la mamma aveva preso in parrocchia. Vestiti che lei, Cate, non indosserà per niente al mondo. Mai. Gliel'aveva anche urlato in faccia, alla mamma, quando li aveva portati a casa: come i barboni, io, mai, piuttosto giro nuda. La mamma si era stretta la cintura dell'accappatoio bianco in vita e aveva abbassato lo sguardo. Non aveva detto niente.

Hai sentito quello che ti ho detto?

No, cos'hai detto?

Che me lo porto cosí, non si sa mai.

E cos'è che non si sa? Non c'è nessuno qua attorno.

Che ne so, magari incontriamo un lupo o un cinghiale che ci sbrana... UUUUUUU!!!!!

È riuscito a farla ridere. Anche se si vede benissimo che cerca in tutti i modi di trattenersi, che odia ridere quando ancora è arrabbiata, che non vuole dargli soddisfazione.

Che cazzate che spari. Fa' un po' come vuoi, tanto lo porti tu... almeno mettigli la sicura.

Brava, e allora a cosa serve?

Cate lo guarda seria, il sorriso è evaporato.

Mettila, non te la ricordi la storia che raccontava sempre papà, di quel coglione di cacciatore che tornava in macchina con il fucile appoggiato in mezzo alle gambe e la mano sopra la canna? Il cretino chiacchierava bello tranquillo con il suo amico che stava al volante e bam, alla prima frenata è partito un colpo e si è spappolato la mano. Te la ricordi o no?

Ok, scassacazzo, la metto. Contenta?

Contenta.

Ripete lei con un mezzo sorriso che dura una frazione di secondo.

Mat allunga un braccio verso l'attaccapanni e sgancia un giubbotto di jeans; nel tragitto, la sua mano sfiora il grembiule verde acido, la targhetta con la scritta rossa dondola sulla stoffa. Un brivido violento corre lungo il braccio di Mat e scende: collo, spina dorsale, muscoli delle gambe, talloni. Deve chiudere gli occhi. Aspettare che passi.

Cate non si è accorta di niente. È davanti alla porta, la mano già stretta attorno alla maniglia.

I rumori, fuori, sono diversi. Vicinissimi, corrono avanti e indietro attorno a loro, li circondano. Sono sopra le loro teste, sotto i loro piedi. Rumori dappertutto. Suoni striscianti, sibilanti, scricchiolii, fruscii, schiocchi, gemiti. Il bosco è vivo, parla, respira, si agita, geme, smette e si zittisce, poi riprende.

I tre fratelli si stringono l'uno all'altro, camminano lentamente, con prudenza. Sentono l'improvvisa mancanza dei muri attorno, a proteggerli. L'assenza della sensazione solida dei mattoni, delle pareti, del silenzio ovattato nelle stanze chiuse.

La notte fuori dalla casa è notte vera. Senza filtri. Passano sotto l'alone giallo del lampione in fondo allo sterrato. Le falene continuano la loro danza, avanti e indietro, sfinite, le corte ali che sbattono frenetiche nel cerchio di luce gialla.

Mat sfiora la spalla della sorella con la punta delle dita.

Vai avanti con la storia intanto, eri arrivata alla casetta e a loro che stavano da dio.

Vieni, da questa parte.

Le dice subito dopo.

Svoltano a sinistra, in discesa, ma subito si trovano su un sentiero che sale, scende e poi sale di nuovo. Spesso si imbattono in ostacoli che devono aggirare e a un certo punto percorrono un fossato che li costringe a disegnare un lungo giro. Salgono ancora e sotto i loro passi il sentiero si rivela piú ripido di quello che pensavano, mentre la strada che avevano creduto in discesa ritorna a farsi piana, oppure si trasforma in un fosso o torna di nuovo a distendersi davanti a loro.

Sei sicuro che è la strada giusta?

Domanda Cate, con il respiro affrettato.

Sí, sono sicuro, tu continua la storia.

Cate si abbottona la giacchetta rossa e solleva i lembi del colletto. Una brezza appuntita esce dalla macchia d'alberi e cespugli, sembra il respiro di un popolo nascosto, acquattato nell'ombra.

Sí. Ora continuo.

Sistema di nuovo il colletto della giacca, lo stringe bene intorno alla gola. La sua voce è limpida e risuona nel buio, molto diversa da com'era dentro la casa.

Per un po', i due fratellini rimangono lí in quel posto selvaggio, e sono felici, ma un giorno il re ordina una caccia nel bosco.

Cate smette di raccontare, i suoi occhi si spingono avanti sul sentiero, nel buio fitto tra gli alberi e i cespugli, poi riprende, piú ispirata, la voce che si modula sulle parole, si alza e si abbassa, come una musica.

Tra gli alberi si sentivano risuonare i corni e si sentivano i cani che abbaiavano e le grida allegre dei cacciatori.

La voce di Billo, che arranca dietro di loro, a distanza di qualche passo da Cate, un piagnucolare rabbioso.

I due fratelli si fermano. Cate si volta indietro, e anche Mat.

Che succede?

Dice Mat.

Ti sei fatto male?

Domanda Cate.

Mi ha punto una bestia.

Cate si china sul fratello, si mette in ginocchio, solleva la gamba che Billo sta sfregando con forza.

Smettila di grattarti, cosí peggiori la situazione, fammi vedere. Mat! Vieni con la torcia.

Qui, sulla caviglia.

Piagnucola Billo.

Ma se hai le calze...dài qua, appoggiati alla mia spalla, fammi vedere.

Abbassa ancora la testa e avvicina le labbra alla puntura, una chiazza rossa e rotonda è sbocciata proprio sotto il malleolo. Lei ci soffia sopra. La torcia di Mat punta un piccolo cerchio di luce bianca sulle labbra di Cate. Un fiore di carne rossa.

Non è niente, solo un pizzico, adesso ti passa, ci metto un po' di saliva. Passato?

Cate si rimette in piedi, prende la mano di Billo nella sua.

Mat è passato in testa alla fila, la torcia puntata in avanti a rompere il buio che inghiotte il sentiero. Un pensiero conficcato in testa che dura una frazione di secondo: le labbra di Cate appoggiate alle sue. Questo, se solo non fosse sua sorella. Ma *è* sua sorella. E dunque quella è un'immagine da fare a pezzi, e buttare.

La storia.

Dice secco, piegando appena la testa all'indietro, verso la spalla, le palpebre abbassate.

Sí.

Dice Cate.

Un secondo solo.

Si sentivano tutti questi rumori e il capriolo non ci stava piú dentro, voleva uscire anche lui a giocare e a vedere la caccia. La sorellina non voleva, ma lui la pregò tanto che alla fine lei lo lasciò uscire; però stasera devi tornare, gli disse, quando passano i cacciatori io sbarro la porta, ma tu per farti riconoscere bussa e di': sorellina sono il tuo fratellino, e io ti apro. Cosí il capriolo saltò fuori dalla casetta e si mise a correre per i prati e dentro il bosco.

Mat si è fermato di colpo e Cate gli è inciampata addosso. Sta fermo, solido come un muro. Le spalle che si alzano e si abbassano a ritmo con il respiro. Il fucile a tracolla, il calcio posato sul fianco.

La vedi anche tu una luce?

Dove?

Domanda Cate, voltando la testa di qua e di là.

Mat solleva un braccio e indica una direzione, una linea dritta tra gli alberi, poco piú in alto della sua testa.

Da quella parte, a sinistra.

Restano fermi, con il respiro trattenuto. Mat spegne la torcia. Il buio si dilata e li succhia dentro di sé. Tre sagome insignificanti nel nero del bosco, ferme come alberi, silenziose.

I tre fratelli non vedono altro che la sfera gialla della luna sbucare dalle fronde degli alberi e il cielo scuro, ogni altra cosa è stata sospinta in un'invisibile lontananza.

La prima a parlare è Cate, la sua voce è solo un sussurro.

Io non vedo niente.

Neanch'io.

Dice Billo mettendosi dritto sulla punta dei piedi per cercare di vedere piú in alto, piú lontano.

Mat riaccende la torcia di scatto.

Mi era sembrato di vedere una luce.

Cate posa una mano sulla sua spalla, lo costringe a voltarsi verso di lei.

La strada piú corta per il fiume però non è questa, ci conviene svoltare a destra, verso la Madonna dei Tre Fiumi.

Mat fa un sorrisetto sarcastico, poi si punta la torcia in faccia e guarda verso Billo, gli strizza l'occhio.

E chi l'ha detto che dobbiamo fare la strada piú corta? Se facciamo quella che dico io passiamo davanti al rovo piú pieno di more del mondo. Ti vanno le more, Billo?

Sí.

Risponde il bambino, ma con un'espressione incerta in faccia, la voce debole. Ha capito che tra Cate e Mat questa sera volano scintille ed è meglio starne fuori, non prendere le parti di nessuno.

A posto, dice Mat, allora andiamo per di qua.

Cate si impunta. La sua voce si alza e diventa sgradevole.

Vuoi fare sempre come ti pare... questa strada è troppo lunga e poi è pericolosa, c'è un dirupo.

Mat taglia corto.

Non c'è nessun dirupo. È tutta bella liscia.

Cate sospira.

Se lo dici tu. E comunque le more non ci sono in questa stagione, è ancora presto.

Mat ricomincia a camminare, la torcia puntata per terra, per vedere dove mette i piedi.

Adesso vediamo, per me qualcuna è già pronta. Tra poco ci siamo, non lo senti il rumore dell'acqua?

No.

Dice Cate.

Neanch'io.

Dice Billo, pianissimo.

È perché non state mai attenti a niente, bisogna fare attenzione per accorgersi delle cose.

Cate scoppia ridere, ma è una risata cattiva.

Sentilo, il Filosofo.

Mat non si volta verso di lei, continua a camminare, tiene sollevato un ramo per farla passare.

Prendi pure per il culo, chissenefrega.

Dice lui a denti stretti.

Dài, scherzavo, vieni qui.

Cate allunga una mano e gli afferra una spalla, ma lui si scansa brusco, con uno scatto che la spaventa.

Lasciami, non mi toccare.

Che ti prende?

Niente, non ho niente, tu però lasciami stare.

Restano fermi tutti e tre qualche secondo, in silenzio. Il fruscio dell'acqua è un suono soffice e lontano.

Adesso la sento l'acqua, la senti anche tu Billo,

senti com'è sottile, sembra un suono di campanelli… e cresce, cresce, come una cascata.

Cate sorride tra sé, nel buio.

Mat fa qualche passo avanti, verso destra. Punta la torcia contro un cespuglio globoso.

Ecco, oltre quel cespuglio c'è il rovo con le more.

Cate gli si avvicina, gli parla nell'orecchio. Un respiro fresco di limone che lo fa rabbrividire.

Ci sei venuto tante volte qua?

Abbastanza.

Risponde lui, e si allontana.

Di notte?

Anche.

Perché non me lo hai mai detto?

Sibila lei, con quel mezzo sorriso che sempre lo attrae e lo respinge insieme.

E cosa dovevo dirti?

Non lo so, potevi chiedermi di venire con te.

Non ci sei mai.

Adesso. Prima c'ero sempre.

Dice lei. Non sorride piú.

Prima non ci venivo neanch'io.

Dice Mat e si volta di scatto verso un fruscio che ha avvertito alla sua destra. Anche Cate si volta.

Billo! Sta'attento a non farti male con le spine, aspetta che ti punto la torcia, adesso ci vedi?

Sí.

Urla Billo a bocca piena. Dopo un po', lo sentono sputare.

Fanno schifo, sono acerbe.

Cate corre verso di lui e gli porge un fazzoletto.

E io cosa ti avevo detto? Tieni, pulisciti la bocca, aspetta che ti aiuto.

Mat resta fermo dov'è, a qualche metro di distanza. Alza la voce per farsi sentire e le sue parole rimbombano nella quiete del bosco.

Anche tu ci sei venuta qui.

Cate torna indietro, il fazzoletto sporco appallottolato tra le dita.

È una domanda?

Dice Cate, avvicinandosi a lui e cercando di mettere a fuoco i suoi occhi.

Mat resta immobile, la torcia puntata per terra.

Ti ho vista.

Ah sí? E quando?

Non lo guarda. Giocherella con il fazzoletto, lo tiene per un angolo e lo sventola avanti e indietro, la stoffa è bianco livido e con il buio della notte cattura la luce e risplende, diventa quasi fosforescente. Lo riappallottola e se lo infila in tasca.

Un po' di tempo fa, non mi ricordo quando.

Mat cerca di guardarla dritto negli occhi, ma lei si ritrae, guarda per terra, sposta il peso del corpo da una gamba all'altra, si mette una ciocca di capelli dietro l'orecchio e la fa di nuovo scivolare sulla guancia.

Bene.

Dice.

Ma lui insiste.

Non mi chiedi niente?

No, cosa ti devo chiedere?

Cosa ho visto, per esempio.

Perché devo chiedertelo, c'ero anch'io, no?

Mat scoppia a ridere.

Già.

Il suo volto torna serio, fa un respiro profondo, la voce bassa, appena percettibile.

Lo ami?

Anche la voce di Cate è bassa, il tono serio.

Mi sembrava di sí.

E adesso?

Adesso non so piú niente. Vuoi che continuiamo la storia?

Billo arriva di corsa e le si butta addosso, le fa il solletico alla pancia.

Sí dài! Continua!

Si sono sistemati ai margini del sentiero. Sotto il giubbotto di Mat, steso come una coperta, si avvertono le grosse radici di un albero che hanno spaccato la terra: sono ondulazioni dure, ma che ad assecondarle formano piccole conche con la forma di sedili naturali.

Si sente il frusciare calmo dell'acqua e il salto degli spruzzi sulle rocce piú alte. Il verso di un uccello notturno, da lontano. Il sordo battito d'ali di un gufo.

Il fucile è appoggiato contro il tronco di un albero dietro di loro, di fianco a Mat, proprio a portata di mano, il calcio puntato per terra e la canna che scintilla nel buio.

Allora, dov'ero arrivata?
Domanda Cate.
Alla caccia.
Dice Billo, appoggiandosi contro la sua spalla.

Il capriolo saltò fuori dalla casetta, era tutto allegro e correva nel bosco, i cacciatori lo videro e iniziarono a inseguirlo, ma non riuscivano mai a raggiungerlo e quando gli sembrava di prenderlo, zac!, lui spariva e si nascondeva tra i cespugli e poi ancora e ancora e ancora, fino a sera. Quando si fece buio, il capriolo corse alla casetta e bussò alla porta – sorellina, sono il tuo fratellino, fammi entrare, e la porta si aprí.

Come fa a bussare il capriolo, non ha mica le mani.
Domanda Billo tra gli sbadigli.
Bussa con la zampa, no?
Gli risponde Mat, e ride.
Anche Cate ride, una risata da bambina, morbida come l'acqua.

La mattina dopo, il capriolo uscí di nuovo e per tutto il giorno fece impazzire i cacciatori che lo inseguivano e non riuscivano mai a prenderlo. Finché, verso sera, lo accerchiarono e lo ferirono a una zampa. Lui ce la fece lo stesso a scappare, ma era molto piú lento di prima, cosí uno dei cacciatori lo seguí senza far rumore e vide che bussava alla porta di una piccola casetta nel bosco e diceva, sorellina, sono il tuo fratellino, fammi entrare.

Cate si ferma e Mat gira appena la testa verso di lei. Riesce a intravedere solo un profilo blu scuro nel nero: il naso affilato, la curva rotonda di una guancia.

Tu lo faresti?

La voce di Mat si perde nel frusciare dell'acqua, ma Cate l'ha sentito lo stesso.

Che cosa?

Gli chiede senza voltare la testa.

Cosí, lasciarmi andare in giro, sapendo che forse poi mi fanno secco, e startene lí ad aspettare.

Non lo so. Però sí, credo di sí.

Mat ha uno scatto improvviso, allunga le gambe, poi le incrocia all'altezza delle caviglie. Tira su col naso, come se stesse piangendo, ma non è cosí.

Allora non ti frega niente di me.

Cate si volta verso di lui, cerca i suoi occhi nel buio.

Perché, se vuoi bene a qualcuno te lo devi legare dietro e tenerlo come un cane al guinzaglio?

Lui aspetta un istante a rispondere, cerca le parole. Non è facile. Lui e Cate non hanno mai parlato di queste cose, prima.

No, però se gli vuoi bene cerchi di proteggerlo.

Cate accarezza i capelli di Billo, corte ciocche ispide e appiccicose. Avrebbe dovuto fargli il bagno, ma lui non vuole mai e ha deciso di lasciarlo in pace, per una volta, per stasera.

Billo sposta la testa, si alza, sbadiglia, si allontana in direzione dell'acqua. Cate lo lascia andare. Riprende a parlare con Mat.

Sí, però a volte non si può fare, voglio dire che è nella natura del capriolo correre per i boschi e rischiare di essere ucciso dai cacciatori, non può farci niente. Vale anche per le persone, no?

Stai parlando della mamma, vero?

Dice Mat.

Forse. Anche di lei. Tu pensi che potevamo fare qualcosa per trattenerla?

No. Non credo.

Dice lui e la sua la voce è un soffio, appena un respiro che scivola nel buio e si spegne subito, subito finisce.

Bene. Perché non potevamo fare proprio niente. La mamma era cosí triste che ogni giorno andava un po' piú lontano con la testa, finché è arrivata cosí lontano che non si poteva piú riportarla indietro in nessun modo.

Mat resta zitto per qualche secondo.

Non ci voleva bene.

Soffia fuori di colpo.

Cosa dici?! Ehi, Billo! Torna subito qui!

Cate si alza in piedi. Ha perso di vista Billo, la sua sagoma sottile era al margine del sentiero, poi all'improvviso è sparita, risucchiata da una macchia piú densa di alberi.

La voce del bambino arriva da lontano, attutita.

Cosa c'è?

Cate si porta le mani alla bocca, appoggia gli indici ai lati delle labbra, per proteggere la voce, dirigerla.

Non ti allontanare troppo.

Gli urla.

Ho la torcia!

Risponde Billo, e un fascio di luce sbiadita disegna un circoletto nell'aria, illumina debolmente i rami di un albero, le foglie ripiegate verso il basso, le bacche rotonde di un cespuglio avvinghiato al tronco.

Torna qui!

Lo chiama Cate.

Arrivo, un secondo!

Cate si rimette a sedere di fianco a Mat, che ha le braccia strette attorno alle ginocchia e la faccia nascosta nella manica della maglia di cotone. Resta immobile per qualche secondo, poi scioglie le braccia e molto lentamente si avvicina al fratello, con un dito gli scosta una ciocca di capelli e gliela sistema dietro l'orecchio. Ha le orecchie piccole, Mat, piccole e perfette, identiche alle sue, e a quelle di Billo, e della mamma.

Come fai a dire che non ci voleva bene?

Gli chiede con dolcezza.

La voce di lui arriva attutita dalla stoffa.

È morta. Quando uno vuol bene a qualcuno, non muore.

Cate scuote la testa. Un gesto da persona adulta. Strano su di lei.

Sei proprio un bambino.

Cazzo dici?

Ringhia lui, senza scostare la bocca dalla manica.

Non c'entra niente voler bene o no, è proprio come la storia del capriolo. Non c'era niente da fare, e non è colpa di nessuno.

Continua Cate, sempre scuotendo la testa, piano, da una parte all'altra.

Le foglie degli alberi si agitano di colpo allo schiaffo di una ventata che subito finisce. Un frusciare fitto e opaco, di fronde pesanti.

Pensi che l'avrebbe fatto lo stesso, prima o poi?

Chiede Mat senza alzare la testa.

Cate non gli risponde. Si alza in piedi molto lentamente, guarda davanti a sé, stringe gli occhi per vedere nel buio, strofina il retro dei pantaloni con il palmo delle mani. Scioglie i capelli, li snoda con le dita, li arrotola di nuovo e li ferma con l'elastico.

Billo! Vieni qua che continuo la storia!

Un'ombra piú nera emerge da una macchia di cespugli, si sentono degli schiocchi, il suono dei rami che frusciano contro la stoffa, poi i passi rapidi di Billo sul sentiero.

Eccomi.

Si rimettono tutti seduti, uno accanto all'altro.

Mi hai pestato una mano! Sta' un po' attento a come ti muovi, mica sono un cuscino!

Strilla Cate, la voce nervosa, contratta.

Scusa. Non l'ho fatto apposta.

Piagnucola lui.

Scusato. Ora però stai fermo.

La ragazza chiude gli occhi, cerca di concentrarsi.

Allora, non mi ricordo piú dov'ero arrivata.

A quando il fratellino bussa.

La aiuta Mat.

Sí, sí, aspetta, allora, ecco, adesso mi ricordo.

Il cacciatore, che aveva seguito il capriolo, vede tutto: il capriolo che bussa, la porta che si apre, il capriolo che entra dall'uscio socchiuso, e quando ritorna dal re gli racconta tutto quello che ha visto. Allora il re dice che il giorno dopo ci sarà la caccia un'altra volta. La sorellina nel frattempo, quando si accorge che il capriolo è ferito si spaventa a morte e non vuole piú farlo uscire, gli medica la ferita con delle erbe che ha raccolto nel bosco e intanto che lo cura non smette mai di piangere. Se domani ti lascio uscire un'altra volta, gli dice, i cacciatori ti uccideranno e io rimarrò da sola nel bosco. Ma se tu non mi lasci andare, le risponde il capriolo, io morirò di tristezza, quando sento suonare il corno della caccia mi sembra di diventare matto e devo correre fuori.

Mat dà un colpetto alla spalla di Cate. La ragazza ha gli occhi chiusi, è completamente rapita dal racconto.

Guarda, Billo si è addormentato.

Sí. Chissà che ore sono.

Dice lei. E sbadiglia.

Passami la torcia. È lí per terra, accanto a Billo.

Lei gliela passa, senza accenderla.

La luna è piú lontana adesso, è diventata piccola come una moneta e manda una luce fredda.

Tieni.

Mat fa scattare in avanti l'interruttore e punta la torcia sul quadrante dell'orologio.

Sono le due e mezza.

È tardi. Scusa, ma il tuo orologio non aveva la luce?

Gli chiede.

Il mio sí. Ho messo quello della mamma.

Senza luce.

Commenta Cate.

Senza.

Annuisce lui.

Questa storia non finisce piú, quante ore sono che la sto raccontando?

Ti sei fermata un sacco di volte.

Sí. Non ne ho piú voglia adesso, sono stanca.

Gli appoggia la testa alla spalla, spinge con la guancia per cercare un posto morbido.

Devi finirla per forza.

Dice Mat.

E perché? Tanto Billo dorme.

Te l'ho chiesto io, di raccontarla. E poi le storie non si lasciano a metà.

E chi l'ha detto?

Te lo dico io.

Cate solleva la testa e lo guarda dritto negli occhi: sono cosí scuri, lucidi come se avesse pianto, la luce lontana della luna li riempie di riflessi blu metallico.

Parla quello che non ha mai finito un libro in vita sua.

Dice sottovoce e un piccolo sorriso le increspa un angolo della bocca.

Non è vero.

Ribatte lui secco.

Forse farebbe meglio a lasciar perdere, ma non ce la fa, adesso ha solo voglia di punzecchiarlo. È divertente, molto divertente, certe volte.

Ah sí? Allora dimmi qual è l'ultimo libro che hai letto.

Resta immobile a fissarlo. Lui si agita. Mette le mani in tasca come se cercasse qualcosa, poi si ravvia i capelli, sbuffa.

Non lo so, non mi ricordo. Uno di guerra. Di un tipo che va a finire in un campo di concentramento.

Dice in fretta, mangiandosi le sillabe.

Non vale.

Insiste lei, con il tono vittorioso.

Perché?

Quello di sicuro l'hai letto a scuola. E l'hai letto per forza, mica l'hai scelto.

Cosa c'entra, l'ho letto lo stesso.

Ma dài! Dimmi un libro che hai letto per conto tuo.

Cate vede i denti del fratello brillare per un istante nel buio, bianchi e quadrati, lucidi come mattonelle di ceramica. Sta sorridendo.

Valgono anche i fumetti?

No.

Replica lei, secca, e sistema le gambe sotto di sé, cercando di non sfiorare Billo che dorme.

Ho letto.

Mat lascia la frase sospesa. E lei non aspetta, non gli dà il tempo di trovare nella memoria, di cercare, di scavare.

Niente, non hai letto proprio niente, sei ignorante come una capra.

Senti chi parla. Pensi solo a uscire.

Dice lui a voce bassissima.

Cate solleva la testa a guardarlo. Una ruga si è incisa tra le sue sopracciglia. Ha gli angoli della bocca piegati all'ingiú.

Stiamo litigando?

Gli chiede.

Può darsi. Ti va una canna?

Sí, però falla leggera.

La ruga di Cate sparisce. Rimane in silenzio per un po'. Ascolta i suoni prodotti dalle dita del fratello che frugano nella tasca anteriore dei jeans, quella stretta e lunga, la piú piccola: lo sfrigolare della carta stagnola nella quale tiene avvolto il pezzetto di fumo, gli scatti ravvicinati dell'accendino, il fruscio dei polpastrelli che sbriciolano il fumo caldo, ammorbidito. Il profumo di hashish si sparge nell'aria, si mescola agli altri odori: quello di terra, di muschio, di corteccia, di escrementi di animali, di menta selvatica e d'acqua.

E comunque ancora non mi hai risposto.

Gli dice all'improvviso.

Neanche tu mi hai risposto prima. Le cartine sono nella tasca del giubbotto, ecco, lí, sotto il tuo ginocchio.

Cate si sposta un po', cerca la tasca con una mano, senza alzarsi.

Tieni. E quand'è che non ti ho risposto?

Prima, quando ti ho chiesto della mamma.

La ragazza si rimette giú, rannicchiata, le gambe strette contro la pancia e la testa appoggiata ai pugni chiusi.

Non mi va di parlare della mamma adesso.

E quando vuoi parlarne allora? Domani mattina, tutto finito e ognuno per la sua strada. È cosí che va, no?

La voce di Mat è strana, adesso. Continua a parlare piano, ma lo stesso è come se stesse urlando.

Cate si tira su, tiene la schiena dritta, lo sguardo puntato davanti a sé, concentrato.

No che non va cosí, chi te l'ha detto?

Non so, sentito dire.

Dice Mat, leccando una sigaretta per il lungo e strappando il filo di carta per aprirla.

Hai sentito male. Siamo orfani, mica assassini. Troveranno un modo per farci stare assieme, almeno ogni tanto, anche se.

Si ferma.

Fa' un filtro intanto, c'è un biglietto del treno nella tasca davanti del giubbotto, la stessa delle cartine.

Le dice Mat e resta fermo a guardarla. Ma lei sta zitta.

Dicevi? Anche se cosa?

Cerca di scuoterla Mat.

Niente.

Cate strappa un pezzetto di cartoncino, lo piega e lo arrotola a spirale, poi lo porge a Mat.

Dài, cazzo, dillo.

Cate si agita, cambia posizione, si mette seduta sulle ginocchia.

Che forse sarebbe meglio di no. Dico non vederci piú. Cosí magari ci scordiamo le cose brutte e ricominciamo tutto da capo.

Mat accende la canna. La carta s'infiamma e manda una vampata veloce, poi resta solo la brace rosso vivo. Aspira, trattiene un secondo, espira. Un cono di fumo rovesciato che vola fuori dalla sua bocca.

E insieme alle cose brutte scordiamo anche quelle belle, mi sembra una stronzata.

Può darsi.

Sospira Cate, con il tono rassegnato.

Mat tira un'altra boccata e le passa la canna.

Dài, sono quasi le tre, continua quella cazzo di storia, ok?

Sí, però dammi il tuo maglione che lo metto addosso a Billo, fa freddo adesso per dormire qua fuori.

E io?

Cate ride.

E tu niente. Tanto sei bello grosso, vedrai che non hai freddo. E ripassami la canna.

Si è levata una brezza fredda. Vortici d'aria che corrono dentro gli alberi, li sferzano, aprono buchi tra i rami, li scuotono.

Io sarò bello grosso, tu invece sei rinsecchita.

Non è vero.

Ma se te lo diceva anche la mamma.

Le donne grasse fanno schifo.

Dice Cate a bassa voce, rabbiosa.

Anche gli scheletri fanno schifo.

Piantala. Non sono uno scheletro.

Non hai neanche le tette.

Cate si alza, fa un passo in avanti, poi cambia idea, torna indietro, si china su di lui, è vicinissima al suo viso, pochissimi centimetri, un soffio.

Cosa c'entra? E poi devi smetterla di guardarmi, i fratelli non devono guardarle, le sorelle.

Mat sorride, un sorriso incerto, quasi impaurito, ma cerca di non farsi scoprire, alza la voce, butta indietro i capelli, le sbuffa contro una nuvola di fumo.

E chi l'ha detto?

Cate non gli risponde. Solleva il colletto del giubbotto per coprirsi la gola e si volta dall'altra parte; senza guardarlo, allunga il braccio nella sua direzione e gli porge il mozzicone ormai spento.

Faccio due passi fino al fiume. Tieni, mi sa che è finita.

Mat dà un tiro.

Sí, è finita.

Butta il mozzicone con un gesto secco di pollice e indice, e si alza.

Aspettami, vengo anch'io.

Da sola.

Dice Cate, e si allontana rapida, senza aspettare una risposta.

Come vuoi. Da sola.

Mat ha parlato quasi tra sé, lei ormai è troppo lontana per sentirlo e lui riesce solo a vedere la sua sagoma sottile che sprofonda dietro una collinetta ricoperta di cespugli fitti e sparisce.

Mat appoggia la testa al tronco dell'albero, prende il fucile e lo appoggia, disteso, sulle gambe. Chiude gli occhi e ascolta il suono di passi ormai lontano, il frusciare dell'erba, il verso ripetuto di qualche animale notturno. Un gufo, oppure un barbagianni. Non sa distinguerli. Eppure suo padre aveva tanto insistito che imparasse, che si concentrasse ad ascoltare. Ma lui, niente, gli sembrava una cosa stupida, e adesso è troppo tardi. Sospira. Il verso dell'animale ora si è allontanato, sente invece la voce della sorella arrivare a ondate, a seconda della direzione del vento. Riprende, poi si interrompe, di nuovo riprende. Da qui non si riesce a capire cosa sia di preciso. Comunque è una canzone senza parole, soltanto una melodia molto dolce. Modulata dalla gola, a labbra socchiuse.

Mat rilassa i muscoli del collo, sgranchisce le dita, le stringe attorno al fucile. Con i polpastrelli segue il disegno in rilievo inciso sul calcio. In alto, uccelli in volo e sulla parte inferiore, tre cani con la testa sollevata e il cacciatore con il fucile puntato verso il cielo, gli steli ondulati di un'erba molto alta che disegnati sull'argento, sotto la luce, scintillano tanto che davvero sembra si muovano.

Mat pensa a suo padre. Lui lo amava questo fucile. È un sovrapposto Alciones calibro 12. Aveva fatto sacrifici un anno intero per poterselo comprare. Li aveva fatti fare a loro. Mat lo aveva osservato infilare qualche banconota ogni sera dentro una cassetta di legno con una fessura nel mezzo: la bocca tagliente e scheggiata ingoia i foglietti marroncini, azzurri e verdi; foglietti che potrebbero benissimo essere usati per un paio di scarpe nuove, dei pantaloni, uno zaino un po' meno rognoso di quello che ha dalle elementari. Non ci ha mai pensato a queste cose, suo padre. Non poteva permettersi di pensarle, forse. Prima veniva la casa: l'affitto, la luce, l'acqua, il riscaldamento. Poi il cibo. E infine il fucile.

Mat chiude gli occhi, abbandona la testa contro il tronco dell'albero. Le dita si aprono, il fucile scivola sulle sue gambe, la base del calcio tocca il terreno, si ferma contro una radice. Sta quasi per addormentarsi quando sente dei rumori. Uno schioccare di bastoncini spezzati, il frusciare frenetico di rami smossi. È una corsa. Sono passi rapidi che rimbombano sul terreno e poi una voce. È la voce di Cate. Urla.

Mat afferra il fucile e si alza in piedi di scatto. Punta gli occhi nel buio per cercare di vedere qualcosa. Niente. Solo un bagliore lontano che si accende tra i rami di un albero.

Cate! Dove sei! Cosa succede?

Billo è in piedi di fianco a lui, la bocca aperta, gli occhi spalancati.

Eccola. Sua sorella che corre verso di lui, le braccia strette attorno al corpo, sottile e piccola come una bambina, tutta piegata in avanti.

Non lo so, c'era qualcuno.

Balbetta. Sta tremando. L'osso della mascella e tutto il suo viso sembrano sul punto di esplodere.

Qualcuno? E dove?

Là, vicino alla riva, ho sentito una mano che mi sfiorava. C'era qualcuno.

Sarà stato il ramo di un cespuglio o magari una falena o qualche altro insetto.

No, ti dico che era una mano, erano dita.

È terrorizzata, e la sua voce adesso è contratta. Ha delle sfumature aspre che lui non aveva mai notato. Sembra la voce di una donna, non quella di una ragazza. Di sua sorella. Ed è cosí che gli appare: due figure saldate in una, una bambina molto piccola e una donna impaurita.

Billo si avvicina a Mat, gli stringe un fianco con le mani, si aggrappa alla cintura dei suoi pantaloni, le dita scivolano sotto il bordo, premono contro la carne.

Ho paura, andiamo via.

Piagnucola.

Mat lo scansa con il gomito, cerca di allontanarlo.

Sí, adesso torniamo a casa, comunque sta' tranquillo, state tranquilli, tutti e due, non ci può essere nessuno a quest'ora. E poi, chi.

Non fa in tempo a finire la frase.

Un rumore. Secco e violento. Rapido, che finisce immediatamente e non ha nessuna eco.

Adesso l'ho sentito. Cos'era?

Dice Mat sottovoce, le labbra quasi chiuse.

Non lo so, ma andiamo via, ti prego, facciamo presto, andiamo a casa.

Cate sta piangendo, la voce spezzata. E anche Billo piange.

Voglio andare a casa.

State calmi, adesso andiamo. E comunque ho il fucile con me.

La prima parte della frase la dice con la voce irritata, poi il tono si addolcisce e diventa paterno, protettivo.

Da lontano, arrivano latrati di cani in corsa. È un lontano che Mat non riesce a misurare per via della brezza e soprattutto del fogliame, in certi punti molto fitto e in altri scarno, che muta la direzione dei suoni e la complica. Si intuisce solo che quei suoni provengono dalla conca che precede il fiume, dal lato di destra, quello verso la piana. Si avvicinano. Ecco il battito delle zampe sul terreno che fa sussultare il bosco, il frusciare dei cespugli che si aprono e si richiudono al rapido passaggio dei fianchi degli animali. La luce d'argento della luna che si rovescia sulla conca e la fa sembrare molto piú estesa e profonda di quello che è.

C'è qualcuno.

La voce di Cate, ancora contratta.

Mat osserva le ombre piú scure dei cespugli in fondo al sentiero, nella direzione dalla quale provengono i suoni.

Può darsi, i cani vanno proprio verso la riva.

Restano immobili, spalla contro spalla, il respiro trattenuto, ad ascoltare il battito delle zampe, il frusciare delle fronde, il suono lontano dell'acqua.

Cate stringe la spalla del fratello con una mano.

Andiamo... andiamo via. Torniamo a casa.

Sí, torniamo a casa.

Dice Mat distratto, mentre ancora perfettamente immobile ascolta attento i suoni che animano il bosco.

Ora il rumore della corsa si avvicina, i cani si avvicinano. Hanno cambiato direzione e salgono la conca, la attraversano, vengono verso di loro. Ma c'è anche un altro suono. Un battito pesante e doppio. Il suono spaventoso, in quel buio del bosco, e in quel silenzio, di un passo umano.

E anche Mat ha paura, adesso. Stringe il fucile contro il fianco, la canna puntata per terra, il calcio sotto l'ascella. Resta in silenzio, immobile, concentrato a catturare ogni sfumatura di quei suoni, poi la sua voce rompe la membrana, riecheggia nel bosco, secca.

Correte, per di qua, per di qua, dài.

La strada verso casa ora sembra molto piú lunga, e pericolosa. Il terreno si muove sotto i loro piedi, ostacoli che all'andata non si erano rivelati, compaiono sulla superficie del sentiero, spuntano di colpo, maligni. Grosse radici che scoppiano fuori dalla terra asciutta, rami secchi che gli alberi si sono scrollati di dosso e che nella caduta, lenti, hanno attraversato strati di fronde fitte, per finire lí a terra, sul sentiero; e ancora, sassi calcarei, che si sbriciolano sotto i piedi alla minima pressione, ma che lo stesso fanno perdere l'equilibrio, vacillare.

I rami degli alberi sembrano abbassarsi al loro passaggio, stringersi piú fitti gli uni agli altri, come a sbarrare il passo.

Eccoli là: sono tre fratelli, tre piccole sagome nere nel nero del bosco che corrono a perdifiato, una dietro l'altra, legate da un filo invisibile.

Finalmente il bosco si dirada, il sentiero si apre e appare la piana, la collina brulla e, oltre la collina, lo sterrato che porta alla casa. Un quadrato di pietra muta e ferma sotto la luce della luna, che ora appare piú piccola e molto alta nel cielo.

Cate fruga nelle tasche dei jeans per cercare la chiave. Sbatte varie volte la punta di ferro contro il legno senza riuscire a trovare l'apertura, le sue mani tremano forte quando finalmente infila svelta la chiave nella toppa. Un suono secco di ferro e cose spezzate. Spinge dentro Billo poi entra anche lei, tirandosi dietro la manica del giubbotto di Mat.

Svelto, entra in casa. E chiudi, chiudi subito, tira il catenaccio, fa' in fretta.

Ha il respiro spezzato, le spalle che si alzano e si abbassano rapide.

Andate di sopra a chiudere le finestre, forza!

Ordina Mat.

Ma è già tutto chiuso, anche gli scuri.

Dice Cate e resta immobile al centro dell'atrio, un braccio avvolto intorno a Billo, il respiro ancora contratto, da animale spaventato.

E tu da' un'occhiata lo stesso.

I passi leggeri di Cate che scende le scale. Il suono della gomma che rimbalza contro la pietra.

Tutto chiuso. C'è qualcuno là fuori?

Mat ha la fronte appoggiata contro il vetro della finestra.

No, non mi sembra.

Osserva l'alone del suo fiato spandersi sulla superficie e poi ritirarsi lasciando piccole chiazze informi.

Io sento i cani, vengono qui.

Dice Billo ad alta voce e avanza verso il fratello. Si ferma proprio a un passo dalla sua schiena. Allunga una mano per toccarlo, ma resta a metà del gesto. Le piccole dita si richiudono contro il palmo e il braccio scende lentamente lungo il fianco.

Ecco dei battiti sulla porta. Improvvisi. Sempre piú forti. Pugni violenti che fanno tremare il legno.

State zitti.

Mat stringe il fucile tra le braccia. Corre alla finestra della sala e cerca di sbirciare fuori. Niente, non si riesce a vedere assolutamente niente. Torna indietro e avanza verso la porta. Billo e Cate sono dietro di lui.

E se è qualcuno che ha bisogno di aiuto?

Sussurra Cate.

La voce di Billo è ancora piú sottile, appena un bisbiglio.

I cani adesso gli vanno addosso e se lo mangiano.

Cate gli strizza una spalla.

Sta' zitto, tu.

Cos'ho detto? Non ho detto niente.

Dice il bambino, sottovoce.

Voi state zitti, ci parlo io.

Dice Mat a voce bassa, senza voltarsi nella loro direzione.

Poi alza il tono.

Chi c'è? Chi c'è là fuori?

Silenzio. Poi di nuovo quel battere di pugni sulla porta che rimbomba dentro la casa e sembra far tremare l'aria.

Chi sei? Cosa vuoi?

La voce di Mat adesso è alterata dalla paura. Nascosta dietro la porta sbarrata, potrebbe esserci qualunque cosa.

Ancora battiti violenti e il latrato dei cani che si è fatto vicinissimo.

Una voce strana, acuta e lagnosa, pigola: Apri! Apri!

Cate avanza decisa verso Mat, avvicina le labbra al suo orecchio.

Apri.

Mat resta immobile. I muscoli tesi, rigidi.

Sei sicura?

Billo gli si attacca addosso, gli tira la maglietta.
Apri, apri!

Mat fa un passo verso la porta, poi si blocca. Cate nota che adesso le sue spalle sembrano piú strette, come rattrappite dentro la maglietta di cotone liso e sbrindellato.

Mat allunga il braccio sinistro, apre lentamente le dita e le serra intorno alla maniglia. Esita ancora un istante prima di abbassarla.

I cardini della porta cigolano, Mat cerca di trattenerla, di aprirla un poco alla volta, ma quella forma acquattata là fuori si getta in avanti, ci appoggia tutto il peso e la spalanca. Entra dentro la casa trascinando con sé il ringhio dei cani, il battito vicinissimo delle zampe sullo sterrato di fronte alla casa.

Chiudi, chiudi!
Urla Cate stringendosi contro Billo.

Mat sbatte la porta, tira il catenaccio con un colpo secco del palmo della mano.

La forma sta al centro dell'atrio buio. Un quadrato di carne che ansima. Il respiro è come un sibilo in fondo ai polmoni. Che entra ed esce, entra ed esce, regolare, sempre identico.

Mat si volta lentamente, il cuore impazzito sotto le costole.

Cate, accendi la luce.

Dice a voce bassa, cercando di controllarla.

Cate allunga un braccio all'indietro, verso l'interruttore dell'atrio. Un lampo azzurro e uno sfrigolio rapido.

Si è fulminata la lampadina! Dove le tiene la mamma quelle di scorta?

Mat la interrompe, brusco.

Piantala di parlare, prendi una candela. Billo! Vai a prendere una candela. E tu non muoverti, ho il fucile carico in mano. Chi cazzo sei?

Non è riuscito a controllarla bene, la voce. Gli si è aperta in mille rivoli. La gola e la laringe e le corde vocali sono piene di crepe, di tagli dai quali escono fuori la paura e la tensione.

Nella casa c'è silenzio. I tre fratelli stanno fermi e ascoltano. È un silenzio solido che costruisce attorno a loro, e alla forma immobile in mezzo all'atrio, altri muri. Muri invisibili, ma altrettanto solidi di quelli veri.

Da fuori, l'abbaiare frenetico dei cani. Il battito e il raschiare delle zampe unghiute contro la porta.

Mat sta tremando adesso, piccoli scoppi che gli tagliano i muscoli, bolle d'aria che attraversano i tessuti e salgono in superficie. Scatti rapidi, contrazioni.

Allora! Rispondi!

La voce arriva dal centro della stanza. Il respiro sibilante si interrompe per un secondo, poi riprende e insieme al respiro esce questa sillaba.

Io.

Io chi? Chi cazzo sei?

Io, sono io, io.

Dài qua, Billo.

Mat accende la candela con un fiammifero, uno sfrigolio e la puzza di zolfo si diffonde nell'aria. Una luce tenue, che illumina una zona molto piccola. Allunga il braccio sinistro lentamente, l'altra mano racchiusa a coppa intorno alla fiamma. La avvicina alla forma immobile in mezzo alla stanza. Il volto è quadrato e fisso, i lineamenti ancora sfocati.

Ma è Umpa.

La voce di Billo è piena di meraviglia.

Chi?

Domanda Cate, voltandosi verso di lui.

Umpa. Viene a scuola mia. Va con la maestra speciale.

Mat contempla la forma in mezzo alla stanza. Resta con il braccio sollevato finché il bastoncino del fiammifero non si consuma del tutto e la fiamma gli scotta la punta delle dita. Allora ci soffia sopra per spegnerlo e subito ne accende un altro.

È uno scemo, insomma?

Dice a voce alta, senza voltarsi verso i fratelli.

Ehi, sta' zitto.

Sussurra Cate.

Sta'zitto un cazzo! Ci ha fatti morire di paura. Siamo morti di paura per uno scemo.

Cate si avvicina a Umpa che è rimasto immobile a bocca aperta, gli occhi rapiti dal bagliore azzurro e arancio della fiammella tra le dita di Mat.

Che ti è successo?

Sussurra la ragazza, chinandosi verso di lui.

Umpa non la guarda, continua a fissare la fiamma finché Mat non scuote la mano per spegnerla.

Io so-no io so-no io io io.

Cate gli accarezza una spalla. Un gesto esitante, leggero, come se quello non fosse un bambino, ma un cane, un cane sconosciuto, e potesse morderla all'improvviso.

Sí, sei tu. Adesso ti calmi, va bene? Ti prendo un bicchiere d'acqua, cazzo, quei cani mi fanno uscire il cervello dalle orecchie.

Mat esce dall'atrio, velocissimo corre verso la

finestra della sala, spalanca i vetri, imbraccia il fucile, toglie la sicura e spara in aria. Due colpi. Violentissimi in quel silenzio.

Cate lo raggiunge nella stanza e parla a voce alta.

Ma sei impazzito? Cosa fai? E se ammazzi qualcuno?

Non c'è nessuno qua fuori, l'hai detto tu, solo quei maledetti cani e questo scemo del cazzo vanno in giro di notte.

Billo e Umpa sono rimasti soli nell'atrio, al buio. Poi Cate ha acceso la luce della sala e una striscia gialla si è allungata sul pavimento a sfiorare i loro piedi. Il respiro di Umpa, quel sibilo rapido che sembra un fischio di vapore, continua a mantenersi identico. Entra ed esce, regolare.

Billo fa un passo verso di lui, nella penombra che gli impedisce di vedere chiaramente il volto dell'altro.

Umpa?

Sussurra, in tono interrogativo.

La risposta che gli arriva è un mugolio appena percettibile.

Cosa facevi al fiume?

Io pe-sco.

Billo e Umpa sono rimasti uno davanti all'altro senza piú dirsi niente. La striscia di luce che arriva dalla sala e quella della lampada che Cate ha acceso in cucina, si sono incrociate sopra di loro come i fasci di luce di due spade spaziali.

Tieni, bevi, e proprio di notte ci devi andare a pescare?

Cate sorride e porge a Umpa un bicchiere pieno d'acqua fino all'orlo.

Umpa lo afferra con tutt'e due le mani.

Di no-tte.

Si ferma per bere un altro sorso d'acqua.

Ci so-no le tro-te.

Ci sono anche di giorno, se è per questo.

Urla Mat dall'altra stanza.

Cate lo raggiunge e gli dà uno schiaffo sulla spalla.

Lascialo stare, dài.

Va bene. E tu sta' calma. Dammi le sigarette.

Cate e Mat si accendono una sigaretta e fumano in silenzio, uno di fianco all'altra. Guardano il buio fuori della finestra. Il bosco nero e immobile là in fondo, oltre lo sterrato.

Billo e Umpa entrano nella stanza e restano anche loro in piedi, a guardare nella stessa direzione dei due ragazzi grandi: cercano di capire cosa guardino di preciso, cosa vedano là dove a loro sembra tutto cosí poco interessante: solo buio e cose ferme.

Cate si gira.

Senti, Umpa, vuoi che chiamiamo a casa i tuoi, cosí gli diciamo che stai bene?

Gli occhi allungati e senza ciglia di Umpa si stringono ancora di piú, sembrano due fessure sottilissime aperte con una lama nella carne.

No no no no no.

Mugola senza fermarsi a respirare.

Cate si inginocchia davanti a lui e gli prende la grossa testa tra le mani. Gli parla con un tono molto dolce.

Ma lo sanno che stai fuori la notte?

Umpa butta fuori le parole tutte di fila, senza prendere fiato.

Di no-tte la ma-mm-a do-rme i fra-te-lli do-rme il pa-pà do-rme il fiu-me non do-rme e le tro-te non do-rme e U-mp-a.

Mat spegne la cicca strofinandola sul davanzale e scuote la testa. I lapilli infuocati cadono di sotto e si spengono in volo, prima di toccare terra.

È proprio tutto scemo.

Cate volta appena il mento sopra la spalla.

Smettila.

Gli dice secca.

La smetto, ma tanto scemo resta scemo.

Cate non gli risponde, si è distratta, lo sguardo fermo su un punto del muro, in ascolto.

I cani se ne sono andati.

Dice.

Sí.

Dice Billo.

E restano tutti e quattro ad ascoltare il silenzio della notte che come una bolla pare essersi sigillato intorno alla casa.

Cate è la prima a parlare. Si gira verso Mat, che è rimasto appoggiato al davanzale interno della finestra chiusa.

Apri le finestre, fa caldo qua dentro.

La bolla di silenzio esplode e da lontano arriva l'ululato dei cani e il canto dei grilli e delle rane.

C'è rimasta una coca in frigo?

Domanda Mat senza muoversi dal davanzale della finestra, senza nemmeno voltarsi.

Il frigo è rotto.

Gli risponde Cate, inespressiva.

Lo so che è rotto. Non ti ho chiesto se è rotto o non è rotto, ti ho chiesto se dentro c'è una coca.

Può darsi.

Dice Cate, senza muovere neanche un muscolo.

Non ti disturbare sai, vado io.

Mat si allontana verso la cucina strascicando le suole delle scarpe da ginnastica. Sbatte le ante dei mobiletti, bestemmia, gli cade qualcosa per terra. Lo sportello del frigorifero cigola.

Urla.

Ce ne sono tre, chi la vuole?
Io io io.
Borbotta Umpa.
E Billo si accoda.
Anch'io.
Portale tutte e tre.
Gli urla Cate.

Cate, ti va di finire quella cavolo di storia, cosí ci rilassiamo? Te lo ricordi dov'eri arrivata?

Mat distribuisce le lattine, poi si siede sul divano insieme a Billo e Umpa.

Cate, seduta sulla seggiola davanti alla finestra aperta, raddrizza la schiena, incrocia le gambe e appoggia i palmi delle mani sulle cosce.

Il piccolo capriolo uscí di nuovo e il re, quando lo vide, disse ai cacciatori di seguirlo fino a notte, ma di non fargli del male. Quando arrivò il tramonto, il re si fece portare alla casetta nel bosco e bussò – sorellina, lasciami entrare, disse e la porta si aprí. E dietro la porta c'era la ragazza piú bella che il re avesse mai visto. La ragazza si spaventò quando vide che non era il capriolo, ma un uomo con una corona d'oro sulla testa. Il re allora le prese la mano e disse – vuoi venire nel mio castello ed essere la mia sposa? Sí, rispose la fanciulla, ma deve venire anche il capriolo. Il re le promise che il capriolo sarebbe rimasto insieme a lei tutta la vita e che non gli avrebbe fatto mancare niente. Proprio in quel momento arrivò il capriolo, la sorellina lo legò con una fune e tutti insieme si allontanarono dalla casetta. Ci furono delle splendide nozze al castello e i festeggiamenti durarono fino all'alba. La ragazza diventò regina e per molto tempo vissero felici e contenti.

Cate smette di raccontare, respira lentamente per riprendere fiato. Le mani sempre posate sulle cosce, la schiena eretta e lo sguardo fermo sulle fronde degli alberi là fuori, immobili nel buio.

Mat sbadiglia, si stira.

Finita? Non me la ricordavo cosí, la fine.

Cate volta la testa verso di lui. Ha gli occhi stanchi, le occhiaie e una piccola vena azzurra che le pulsa su una tempia, all'attaccatura dei capelli.

Infatti non è ancora finita. Adesso continuo. Mi dài un sorso di coca?

Mat si china a raccogliere la lattina appoggiata per terra di fianco al divano. La scuote, poi la accartoccia tra le dita.

Vuota.

Billo indica Umpa.

Lui ne ha ancora.

Mat storce la bocca.

Bravo, tutta sputacchiata, che schifo!

Cate si alza e in due passi è davanti a loro.

Smettila, va bene lo stesso. Umpa, mi dài un po' della tua coca?

Umpa le porge la lattina, sorride. È appiccicosa e scivola tra le dita, ma Cate non dice niente. Manda giú due rapidi sorsi e la ripassa a Umpa.

Si siede per terra, di fianco al divano e appoggia la testa alle gambe di Billo.

Allora, la fine della storia è questa. Per molto tempo, vissero tutti felici, ma la matrigna cattiva credeva che la sorellina fosse stata sbranata dalle belve nella foresta e che il fratellino trasformato in capriolo fosse stato ucciso dai cacciatori. Quando invece sentí dire in giro che stavano cosí bene, l'invidia e la gelosia le riempirono il cuore.

Anche noi stavamo bene.

La interrompe Mat.

Non è vero.

Sussurra Cate, senza spostare la testa dalle gambe di Billo.

Sí che è vero.

Insiste Mat.

Stavamo bene.

Ripete Billo, sbadigliando.

Be-ne sta-va-mo be-ne be-ne be-ne.

Gli fa eco Umpa.

Mat si alza di scatto dal divano.

Sta' zitto tu, che cazzo c'entri?

Cate allunga una mano a pizzicargli una gamba.

Lascialo in pace.

Mat chiude gli occhi, si passa le mani sul viso e torna a sedersi di fianco a Billo. Parla a voce bassissima.

Quando c'era papà e la mamma stava bene, noi eravamo felici.

Cate lo osserva in silenzio per un po'. Guarda le sue dita scure e rugose scivolare avanti e indietro sulla faccia, le labbra screpolate che appaiono e scompaiono, la linea delle sopracciglia spettinate, le palpebre chiuse. Quando parla, la sua voce è lenta e dolce.

Dicevi sempre che ti faceva schifo vivere in campagna e che odiavi andare fino a scuola in città con quel treno scassato e che tutti ti chiamavano *il contadino* e che ti rompevi perché volevi andare in piscina e qui la piscina non c'è. Mi ricordo una volta che sei venuto nella mia stanza con l'atlante in mano, eri incazzato nero, guarda qua, mi hai detto, stiamo nel buco del culo del mondo, nemmeno è segnato sulla cartina il nostro paese, non si vede neanche la righina del fiume, noi non esistiamo! Ti ricordi, eri proprio fuori di testa.

È vero, è vero, mi ricordo anch'io.

La interrompe Billo con la voce stridula.

Ero piccolo. Si dicono delle stronzate quando si è piccoli. Vuoi delle cose e poi non le vuoi piú.

Mat non si è arrabbiato, resta fermo, le mani sempre premute sul viso, la voce bassa.

E cos'è che vuoi adesso?

Gli chiede Cate, e con un dito gli sfiora il dorso di una mano.

Tornare indietro.

Soffia fuori lui, e la sua voce sa di pianto, adesso.

Con la punta dell'indice, Cate disegna un cuore sul dorso della mano del fratello. E ancora, una freccia che lo trapassa e piccole stille di sangue.

Ma non si può. Indietro non si torna.

Sussurra con dolcezza.

E chi lo dice?

Te lo dico io.

Cate posa di nuovo la testa sulle gambe di Billo e chiude gli occhi.

Lo squillo del telefono li fa sobbalzare. Eppure, restano tutti e quattro fermi. Sono contratti e hanno il cuore in gola, ma nessuno accenna a muoversi per andare a rispondere.

Il telefono continua a squillare. Squilla per due, tre, quattro volte. Ha un suono opaco, attutito. Chissà chi è stato a scegliere quella suoneria cosí lugubre tra le tante che dovevano esserci nel negozio. La mamma, o il papà, o magari proprio nessuno, hanno preso il primo che è capitato, quello che costava meno.

Cazzo, ti avevo detto di staccarlo, chi è che chiama a quest'ora? Saranno le tre di notte.

Dice Mat, rivolto a Cate.

La ragazza si alza di scatto e corre verso un angolo della stanza. Volta la testa verso Mat mentre solleva la cornetta, lo guarda dritto negli occhi.

Tre e tre quarti, per essere precisi. Pronto?

Metti giú.

Le urla Mat.

Cate appoggia la mano al ricevitore per coprire i fori e lo supplica con lo sguardo.

Sí, un minuto, fammi parlare.

Leva la mano e fissa lo sguardo sulla lampada di carta accesa sul tavolino.

No, eravamo fuori. Niente, solo un giro. Sí, va bene. Sí. Sí. Ok. Le otto. Sí. Anch'io. Ciao.

Riaggancia e si volta di nuovo verso Mat.

Ecco, ho già finito.

Chi era?

Nessuno.

Risponde Cate, e subito indica un lato del divano.

Guarda, Billo e Umpa si sono addormentati, si abbracciano come due gattini.

Mat ruota lentamente la testa verso sinistra.

Che schifo. Non è che gli attacca la scemenza? Magari è un virus.

Cate sorride e parla sottovoce.

Non dire cazzate. Non gli attacca proprio niente.

Allora, non mi hai risposto, chi era al telefono?

Cate prende il pacchetto delle sigarette, ne estrae una.

Vieni, andiamo di là, lasciamoli dormire.

I due ragazzi si fermano nell'atrio, nel punto preciso in cui prima stavano Billo e Umpa.

Allora, chi era?

Mat ripete la domanda e allunga la mano per prendere la sigaretta accesa che Cate sta avvicinando alla bocca.

Non lo conosci.

LO. Quindi è un uomo.

Dice sbuffandole in faccia una nuvola di fumo.

Un uomo, sí.

Il tono di Cate è vago, come se parlasse a se stessa. Non guarda il fratello, guarda un punto oltre la spalla di lui, un punto perso nel buio.

Non vuoi proprio dirmelo, eh?

Cosa cambia?

Niente. Hai ragione.

Mat si guarda attorno nella penombra, la mano che stringe la sigaretta è sollevata, immobile per non fare cadere il lungo cono di cenere.

Cate allunga verso di lui la mano chiusa a coppa.

Si sorridono.

La mano di Cate scivola lungo il fianco e Mat scrolla la cenere per terra.

La finisci la storia?

Sí.

Dice Cate, e sbadiglia.

Torniamo di là.

La ragazza si rimette seduta sulla seggiola davanti alla finestra e il fratello resta appoggiato contro il muro, le braccia incrociate sullo stomaco.

Cate ricomincia a raccontare in fretta, concentrata.

La matrigna voleva vendicarsi perché la sua unica figlia, che era brutta come la morte e aveva un occhio solo, continuava a rimproverarla e diceva che lei avrebbe dovuto essere la regina e che era tutta colpa di sua madre se invece se ne stava lí a marcire. Allora la matrigna si intrufolò nel castello e aspettò il momento buono. Il momento arrivò quando la sorellina partorí un bambino. La vecchia strega si travestí da governante, entrò nella stanza della regina e le disse che era pronta la vasca. Lei e la figlia la accompagnarono nella stanza da bagno, accesero un fuoco tremendo e ce la chiusero dentro. La regina morí soffocata. La vecchia mise la figlia nel letto della regina e con le sue arti magiche le diede anche il suo aspetto, solo l'occhio perso non riuscí a ridarglielo, cosí lo coprí con una ciocca di capelli. Quando il re venne a salutare la sua sposa e il suo bambino, la vecchia strega non lo lasciò entrare e disse che la regina doveva riposarsi. A mezzanotte, la vera regina entrò nella stanza, allattò il suo bambino e accarezzò il capriolo che dormiva di fianco al letto nel suo giaciglio. Poi sparí. La bambinaia il giorno dopo domandò alle guardie del castello se avevano lasciato entrare qualcuno e loro dissero che non era arrivato nessuno. La vera regina tornò per molte notti senza mai dire una parola e la bambinaia, che la vedeva, non osava dir niente a nessuno. Ma una notte la regina disse – Che fa il mio bambino? Che fa il mio capriolo? Vengo ancora una volta poi non verrò piú. La bambinaia allora corse a raccontare tutto al re e la notte, quando la regina arrivò e disse di nuovo quella frase, il re le corse incontro e la abbracciò. Sei tu la vera regina, la mia vera sposa? Sí, sono io. E in quel momento tornò in vita, fresca e rosea com'era prima. Raccontò al re quello che le avevano fatto la strega e sua figlia. E il re le fece condannare a morte tutte e due, la figlia fu fatta sbranare dalle belve nella foresta e la vecchia fu arsa viva come tutte le streghe. Quando fu ridotta in cenere, il capriolo riacquistò la sua figura umana e la sorellina e il fratellino vissero insieme fino alla morte.

Non succede mai.

Mat si è scostato dal muro e si è messo alle spalle della sorella, le mani posate sullo schienale della sedia sulla quale lei è seduta. Avverte il calore del corpo di lei contro le dita.

Cosa?

Cate si gira a guardarlo. È ancora immersa nel racconto, gli occhi socchiusi e il volto rilassato.

Che la gente torna in vita. L'hai detto tu che non si torna indietro.

No, infatti non succede.

Restano in silenzio per un po', fermi nella stessa posizione.

Guarda, sta spuntando il sole.

Cate stringe le palpebre.

È tutto rosa là fuori.

Il cielo ha cominciato a rischiararsi, a farsi piú chiaro lentamente ma in modo percettibile; ora comincia a distinguersi il suo colore; le stelle piú pallide si spengono, le altre non sono piú cosí fitte. Infine anche quelle piú luminose cedono e il profilo delle colline si fa piú chiaramente visibile. Poi una zona del cielo si tinge anche di giallo e una striscia di nubi al suo interno si accende in un filo raggiante. Ormai si distinguono chiaramente tutte le cose e i lontani profili dei colli si disegnano nitidi nell'aria. I richiami degli uccelli si inseguono nella valle e riecheggiano sopra la casa, intorno ai muri.

Cate si alza e si stira lentamente, inarca la schiena sporgendo il petto in avanti, sbadiglia.

Sono a pezzi. Faccio un caffè, ti va?

Mat distoglie lo sguardo da quello della sorella, si allontana di qualche passo.

Cate?

Cosa c'è?

È imbarazzato, fa fatica a trovare le parole.

Posso chiederti una cosa?

Cate è già nell'atrio, non si ferma, continua a camminare verso la cucina.

Sí, vieni di qua che intanto metto su il caffè. Allora?

Lui non sa dove mettere le mani, fa ruotare con un dito un contenitore d'alluminio appoggiato sopra una mensola, prima in una direzione poi nell'altra, finalmente si decide a parlare e la sua voce è incerta, agitata, con quei toni aspri che qualche volta gli sfuggono ancora.

Anche se non vivremo insieme fino alla morte, mi prometti che ci sarai lo stesso?

Cate non risponde. Mat osserva le sue spalle sfinite chiudersi ancora un po'. I gomiti che si muovono avanti e indietro mentre sciacqua la caffettiera nel lavello.

Mi prometti che io te e Billo saremo lo stesso una specie di famiglia anche se vivremo in posti diversi?

Cate resta immobile, il cucchiaino sollevato sopra il barattolo del caffè, gli risponde senza voltarsi.

Te lo prometto.

Resta ancora ferma, il respiro trattenuto, poi finalmente affonda il cucchiaio nella polvere nera e granulosa. Riempie il filtro della caffettiera. Avvita le due parti.

Scaldo anche il latte per Billo e Umpa. Bisognerà chiamare i suoi fra un po'. Paolo arriva alle otto.

Chi?

Mat si volta a fissarla, ma Cate cerca di avere l'aria indifferente, mette la caffettiera sul fornello, accende il fuoco, versa il latte in un pentolino, lo annusa per accertarsi che non sia rancido.

Paolo. L'assistente sociale.

Ma non è una donna, l'assistente sociale?

C'è anche un ragazzo, si chiama Paolo. Ci viene a prendere lui. In macchina.

È lui che ti ha chiamata stanotte?

Sí.

Era lui con te giú al fiume quando ti ho vista?

Il caffè gorgoglia. Cate solleva il coperchio della caffettiera e subito lo riabbassa. Chiude gli occhi un istante, cerca le parole senza trovarle.

È pronto. Anche il latte è pronto. Va' a chiamare Billo e Umpa.

Mat però insiste, resta immobile alle sue spalle.

Era lui o no?

Che differenza fa?

Risponde Cate, spegnendo il fuoco sotto la caffettiera.

Be', un po' di differenza la fa, mica è normale che l'assistente sociale si scopa le orfane che deve curare.

Cate si volta di scatto, il volto incendiato di rabbia.

Cosa stai dicendo?! Non è successo proprio niente tra me e lui. Abbiamo solo parlato.

Io vi ho visti che vi baciavate.

Dice Mat, un po' intimidito dalla furia della sorella.

E allora? Sí, è successo una volta. Solo una. E tu non devi dirlo a nessuno. Prometti.

C'è supplica nel suo sguardo e Mat abbassa gli occhi, apre la bocca poi la chiude, finalmente riesce a parlare.

Prima dimmi una cosa, è con lui che hai parlato di noi, vero?

Indovina un po'.

Gli risponde Cate senza guardarlo, intanto che versa concentrata il caffè nelle tazze. Poi si gira verso di lui, la caffettiera sollevata per aria.

Allora, prometti?

Sí, prometto.

Le risponde lui.

Cate afferra la zuccheriera dalla mensola.

Quanto zucchero ci vuoi?

Due cucchiaini belli pieni, e il latte.

Mat mescola il caffè, beve le prime due sorsate.

Hai fatto una cazzata, lo sai,vero?

No che non lo so, che cazzata avrei fatto, sentiamo.

Gli hai detto anche che siamo stati noi?

Cate sbatte la tazzina vuota sul piano del tavolo. La tazzina resta in equilibrio sulla base, gira su se stessa. Disegna dei cerchi sempre piú piccoli. Poi si ferma.

Non siamo stati noi.

Dice, scandendo lentamente le sillabe.

Mat le si avvicina, le parla contro l'orecchio.

Non fare la furba adesso, era da mesi che dicevamo che l'avremmo fatto se la mamma non smetteva di stare cosí male. E l'abbiamo fatto.

No.

Mormora Cate cercando di allontanarsi dal fratello, ma lui la insegue intorno al tavolo.

Come no? Chi gliele ha versate le gocce nel bicchiere, sei stata tu, sei tu che l'hai detto!

Ti ho mentito.

Mat resta immobile davanti a lei, incredulo, la bocca spalancata.

In che senso? Cosa vuol dire *mentito*? Cosa stai dicendo?

Ho detto una balla.

E perché?

E perché no?

Dice lei, in tono di sfida, poi porta la tazzina alle labbra e beve il caffè a occhi chiusi, tutto in un colpo.

Non ci capisco piú un cazzo.

Dice Mat e scuote la testa da una parte all'altra, non riesce a smettere di muoversi. Muove il collo, le spalle, le mani, tutto il corpo.

Non c'è niente da capire, volevo solo provare come si sta se hai ammazzato qualcuno.

La ragazza resta immobile. Guarda fuori dalla piccola finestra della cucina. Contempla, senza vederla, la pianta di basilico ormai completamente secca, le foglie gialle che pendono tristi dai rametti bruciati. La voce di Mat le arriva da una distanza incalcolabile.

Vuoi dire che l'ha fatto da sola?

Cate apre la finestrella, accarezza con un dito le foglie appassite del basilico, le fa dondolare avanti e indietro, le stacca, una per una, e le lascia scivolare giú. La sua voce è calma, quasi sognante.

Sí. Quella notte mi aveva chiesto di stare lí con lei, e basta.

E poi?

E poi niente. Si è addormentata. Dopo sono andata a dormire anch'io e la mattina c'era la bottiglia di gin sul suo comodino e era vuota, e due flaconi di sonnifero e erano vuoti tutti e due. Le ho pulito la bocca, il collo, le ho cambiato il lenzuolo e quando ho visto che non si svegliava, ti ho chiamato. Non c'è piú adesso. È finita. Chiama Billo e Umpa, il latte si raffredda.

Si è voltata verso di lui, gli occhi limpidi e asciutti, la pupilla che si restringe in quel lago verde. Nessun accenno di lacrime.

Ho sonno.

Dice Mat e appoggia le due tazze che ha sciacquato sullo scolapiatti del lavello.

Cate si avvicina, gli posa la mano sulla spalla e spinge il mento contro la sua schiena, annusa l'odore del corpo del fratello attraverso la stoffa sottile della maglietta.

Vieni, andiamo di là.

Ho sonno.

Ripete lui, seguendola.

Lo so che hai sonno Mat, anch'io ho sonno, anche Billo ha sonno e anche Umpa, guarda che occhi che ha, sembrano due uova sode.

Sembrano gli occhi di un mongoloide, quello che è.

Cate gli pizzica un braccio.

Cretino!

Umpa spalanca gli occhi e si mette a ridere.

Mo-ngo-lo, mo-ngo-lo io io io io io.

Mat si lascia cadere sul divano di fianco a lui, gli passa un braccio attorno alle spalle e lo tira contro di sé.

Sai una cosa, Umpa? Siamo un bel branco di matti, qua dentro.

Cate sorride intanto che appoggia sul tavolino il vassoio con le tazze di latte, i cucchiaini, i biscotti e i corn-flakes.

Non c'è mica bisogno che glielo dici, lo capisce anche da solo.

Viva Umpa! Il re dei mongoli!

Urla Billo a bocca piena, le goccioline bianche di latte che gli scivolano giú per il mento.

Nessuno dice piú niente e Billo affonda la faccia nella tazza del latte, si vergogna per quello che ha detto.

Mat, seduto per terra davanti al tavolino, gioca con la scatola di cartone dei corn-flakes, ne strappa dei pezzi, piega il cartone cercando di raggiungere una qualche forma che lui solo riesce già a vedere.

Cate lo guarda in silenzio, osserva le sue dita scure muoversi avanti e indietro e strappare, ripiegare, rifinire i bordi sfilacciati del cartone.

Tra le mani di Mat, prende forma una specie di corona con le punte irregolari. La contempla per un po', rigirandosela tra le dita. Chiude le due estremità con una graffetta che ha recuperato da una tasca dei jeans, poi la spinge verso Umpa, facendola scivolare sul tavolino.

Tieni Umpa, questa è la tua corona, che ne dici, bella no?

Ma è azzurra! La corona del re dev'essere d'oro!

Billo, la scatola dei biscotti era azzurra, non posso farci niente.

Umpa solleva la corona con tutte e due le mani e la tiene a mezz'aria, sopra la testa, ha lo sguardo serio e concentrato, due baffi bianchi che gli corrono dal labbro superiore fin quasi alle orecchie. Parla piano, per non sbagliare le parole.

Il re ha la co-ro-na a-zzu-rra, a-zzu-rra co-me il cie-lo e i fio-ri de-lla ma-do-nna e i pe-sci nel fiu-me.

Cate sorride. Un sorriso stanco, un po' triste. I suoi occhi incontrano quelli di Mat e ora anche lui sorride, un sorriso identico al suo. Allunga una mano attraverso il tavolino per sfiorare quella del fratello. Poi si alza, e di colpo l'espressione sul suo viso cambia: un fuoco che si accende e divampa.

Si avvicina a Umpa che è ancora lí con la corona tra le mani, a mezz'aria, gli stringe le dita attorno ai polsi e li accompagna verso l'alto, per l'investitura.

Eccolo lí, il re. Attonito e indecifrabile, una divinità primitiva. I grandi occhi rotondi sono spalancati, la bocca è socchiusa, la fronte distesa.

Anche lo sguardo di Cate è limpido e vuoto; parla a voce bassa, come se stesse ancora raccontando, le mani posate sulla corona e gli occhi di Umpa fermi dentro i suoi.

E vivremo tutti insieme felici e contenti, come fratelli e sorelle, fino alla fine del regno di Umpa, nostro signore e nostro re, nostro angelo azzurro del fiume.

Fuori, il cielo è diventato completamente azzurro. Posata sul profilo dei colli, lontana lontana e ormai sbiadita, è rimasta solo una sottile striscia violetta. Da ogni direzione, intorno alla casa, arrivano i richiami degli uccelli sugli alberi; le fronde frusciano, i rami si alzano e si abbassano elastici sotto le piccole zampe agitate. In fondo alla vallata, i dorsi delle automobili scivolano sulla tangenziale a flusso costante e scintillano violenti sotto la luce del sole. È un fiume metallico e senza suono che visto da qui sembra davvero fatto d'acqua.

Ringraziamenti

Grazie a:

Nicola Negrini per avermi accompagnata nei miei giri di perlustrazione sull'Appennino bolognese e per aver sopportato il mio mutismo.

Anna Antonelli e Lorenzo Pavolini che mi hanno commissionato, per la serie «Atto Unico Presente» di Radio Rai Tre, la scrittura di un radiodramma: da lí è nato questo libro.

Marco Risi che ha diretto *Brother and Sister* nella sua versione radiofonica e ha colto l'atmosfera della storia.

Aldo Nove che ha tradotto i versi di D.H. Lawrence in epigrafe, non semplicemente «spostandoli», ma facendoli brillare.

Grazie a Adalbert Stifter, al quale ho rubato qualche frammento di gemma da *Cristallo di rocca*. E naturalmente, grazie ai Fratelli Grimm, che ci hanno tramandato, tra le altre, la fiaba *Sorellina e Fratellino*, *Brother and Sister*.

Stampato per conto della Casa editrice Einaudi
presso Mondadori Printing S.p.A., Stabilimento N.S.M., Cles (Trento)
nel mese di gennaio 2004

C.L. 16742

Edizione								Anno			
1	2	3	4	5	6	7	8	2004	2005	2006	2007

TO 05811901
SISTER
1^ EDIZ -ET/SL
VINCI
EINAUDI
TORINO
T 00004383